Georges-Olivier … *lepuis l'âge de vingt a* … *ıent à Bures-sur-Yvette.*
Ses ouvrages : Les Messagers, La Belle Charbonnière, Mathieu Chain, *l'avaient révélé auprès des critiques littéraires.* La Faculté des songes *a obtenu le Prix Renaudot 1982.*

Marginal, rêveur, d'une belle nonchalance, Quentin est O.S. dans une usine, par hasard, et parce qu'il faut bien vivre. Surnommé Tête Lourde, pour sa lenteur, ses allures de somnambule, Manoir, l'orphelin, a cessé d'être le fonctionnaire modèle qu'il fut longtemps. Seul avec ses chow-chows dans un pavillon exproprié, Hugo, enfin, exerce dans la journée la profession de bibliothécaire, non sans d'étranges fantaisies. Arrive Louise, jeune chanteuse qui jette sur sa guitare des accords de Joan Baez et Judy Collins. Destins en roue libre dont les chemins ne pouvaient que se rencontrer, au carrefour de leurs solitudes.
C'est une maison abandonnée qui les réunit quelque part en banlieue, une bâtisse promise à la démolition, et par l'un d'eux baptisée « la Faculté des songes ». A l'écart de l'agitation, des soucis quotidiens, de l'angoisse, ils y trouvent la nuit la paix des sages, un autre monde où ils seront pour un temps les passagers clandestins de l'amour, les squatters heureux de l'oubli.
Avec la précision aérienne des mots les plus simples, G.-O. Châteaureynaud réussit mieux que jamais à imposer la vérité de son univers insolite. Le lieu, les personnages, leurs aventures, leurs errances, rien n'échappe ici au réel, mais le frémissement d'une âme partout s'insinue, atteignant au plus profond le lien secret qui nous attache à ces solitaires nos frères, à ces « songeurs » nos complices.

GEORGES-OLIVIER CHÂTEAUREYNAUD

La Faculté des songes

ROMAN

GRASSET

« J'ai fait la magique étude
Du bonheur, que nul n'élude. »

A.R.

« Je veux dormir, dormir plutôt que vivre. »

C.B.

I

QUENTIN n'occupait dans la société qu'une place bien étroite, à peine un strapontin, et pourtant il avait fallu qu'on l'aidât à s'y hisser. *Ouvrier spécialisé.* On assigne à un homme une tâche simple, en quelques heures et parfois moins encore on lui montre comment l'exécuter. S'il ne donne pas satisfaction dans la journée on le renvoie. Quentin était *O.S.*, par protection, car il devait son emploi à l'intervention d'un ami.

Il ne pouvait s'en prendre qu'à lui-même ; il le savait. Aussi loin qu'il s'en souvînt, le courage de tout lui avait toujours manqué. Il s'était laissé dériver doucement, nageur lassé dès les premières brasses, et il se retrouvait, à trente ans bientôt, homme de peine et fainéant.

Quentin et Gérand s'étaient connus sur les bancs du lycée d'Éparvay. Ils se rencontrèrent par hasard, un soir de décembre boulevard des Italiens, une quinzaine d'années après que la vie les eut séparés. Quentin touchait alors le fond de la détresse. Sa nonchalance, ses retards continuels, ses absences injustifiées avaient excédé la patience de son dernier employeur. Il n'avait plus d'argent ni de toit. Il n'avait rien mangé depuis deux jours. Il errait dans Paris, songeant plus sérieusement d'heure en heure à se jeter à l'eau.

Les deux hommes allèrent boire le verre des retrouvailles au comptoir d'une brasserie. Gérand comprit bientôt que Quentin traversait une mauvaise passe, et l'entraîna vers la salle. Là, d'autorité, il commanda deux choucroutes « Spéciales » et deux barons de bière.

« Tu tombes bien, prétendit-il ; j'ai faim, et je déteste manger seul... »

Quentin vint à bout de sa part avant lui. Comme ils attendaient les tartes et les cafés, Gérand s'excusa et disparut quelques minutes. A son retour, il demanda à son ancien condisciple si celui-ci accepterait, « en dépannage », de s'embaucher sur une chaîne de montage. Il se faisait fort d'arranger cela. Oh ! il s'agissait d'un *job* plutôt ingrat, qui ne nécessitait aucune connaissance particulière, mais Quentin ne tarderait sans doute pas à trouver autre chose !

Du travail ? Un salaire ? La possibilité de louer une chambre, la certitude de manger chaque jour à sa faim ? Quentin saisit sans hésiter la perche qui lui était tendue. Gérand arracha un feuillet d'un calepin et décapuchonna un stylo à plume d'or.

« Tu te présenteras demain à cette adresse, à N., en grande banlieue. Les ateliers ouvrent à huit heures, mais les gens des bureaux commencent plus tard. Sois là à neuf heures précises. Tu demanderas M. Augier de ma part. Il t'attendra. »

Quentin prit brusquement conscience de la prospérité que respirait la personne de Gérand. Ses vêtements, son stylo, sa chevalière et son alliance, l'assurance avec laquelle il lui promettait un emploi d'un jour à l'autre, tout laissait supposer que cet ami d'enfance avait suivi à grands pas des chemins différents des siens.

Ils burent le café en parlant du vieux temps d'Éparvay, puis, assez soudain, Gérand se leva.

« Pardonne-moi : on m'attend. Cela m'a fait plaisir de te revoir ! »

Déjà, il s'éloignait. Quentin crut qu'il allait se retourner vers lui en franchissant la porte, et d'avance sa main esquissa un geste d'adieu. Mais Gérand s'élança sur le boulevard sans le regarder, si bien qu'il ne salua qu'un dos. Sa main retomba, il rougit et baissa les yeux. Il aperçut alors sur la table l'étui à cigarettes et le briquet de Gérand. Il aurait pu, il aurait dû se précipiter dehors, le rattraper et les lui restituer. Il ouvrit l'étui. Ils avaient beaucoup fumé, et Gérand l'avait regarni peu de temps avant de quitter la brasserie. Quentin alluma une cigarette et s'affala un peu plus sur la banquette. Après tout — et son humeur s'assombrit à cette idée —, il allait tout de même devoir passer la nuit à la rue sans autre réconfort que ce tabac. Et il en voulut un peu à Gérand de n'y avoir pas pensé. Il porta la main à sa poche pour y tâter le précieux feuillet. Allons ! Il avait repris courage, en tout cas, grâce à cette rencontre, et les eaux de la Seine ne se refermeraient pas cette nuit sur son corps.

Il se promit de filer doux une fois dans la place. On ne le pincerait plus à somnoler ni à s'absenter sans autorisation. Il quitterait un jour cette boîte, comment s'appelait-elle déjà, la VESIAM ? Mais de son plein gré, à son heure et par la grande porte, quand il aurait trouvé une situation plus conforme à ses goûts et à son niveau d'instruction.

L'apparition du serveur interrompit le cours de ses réflexions. Une soucoupe de bakélite à la main, l'homme marchait droit sur lui. Quentin eut un haut-le-corps : Gérand n'avait pas réglé la note, et c'était à lui, à lui qui n'avait pas un sou, qu'on demandait à présent de l'acquitter ! Ses tempes se mouillèrent de sueur. Et ce papier qu'il serrait dans sa poche comme un trésor ? Du vent, sans doute ! Une bouffée de rage le souleva à demi de son siège. On s'était moqué de lui et de sa misère. Il aurait pu tuer Gérand, s'ils s'étaient trouvés face à face à cet instant.

« Votre monnaie, monsieur.

— Hein ? »

Quentin dévisagea le serveur d'un air égaré.

« Je disais : voici votre monnaie, reprit l'homme. Avec nos remerciements, monsieur. »

Il posa la soucoupe sur la table. Plusieurs

billets de banque dépassaient de la pliure de l'addition.

« Ah ! je... Ah ! oui, oui, je vois.

— Si vous voulez compter... »

Quentin dégagea la liasse, mais il était si confus de sa méprise qu'il la reposa aussitôt.

« Oui, très bien », bredouilla-t-il.

Il attendit le départ du garçon pour procéder à une vérification plus sérieuse. Selon toute vraisemblance, il s'agissait bien de leur note. Deux « Spéciales », deux barons, deux tartes, deux cafés, un paquet de cigarettes : elle s'élevait à quatre-vingt-deux francs service compris, et Gérand avait payé au moyen d'un billet de cinq cents ! D'une main encore tremblante, Quentin rangea la monnaie — quatre cent dix-huit francs — dans son portefeuille. Il sentit ses yeux s'humecter, tandis que dans sa gorge la grosse boule oubliée des chagrins enfantins se nouait à nouveau. A la gratitude que lui inspirait le geste de Gérand, si généreux, si ingénieusement délicat, se mêlait de la honte, au souvenir des soupçons qu'il avait un instant nourris contre lui. Il alluma une autre cigarette et ravala ses larmes à l'abri d'un nuage de fumée. Avait-il jamais eu l'occasion de douter de la loyauté de son ami, durant les trois années qu'ils avaient jadis passé côte à côte ? En sixième, au lycée d'Éparvay, ils s'étaient assis l'un près de l'autre le matin de la rentrée, et dès lors, tandis qu'autour d'eux la plupart de leurs camarades changeaient de place au fil du temps, ils n'avaient plus bougé. Quentin aurait dû aller bientôt s'installer tout au fond, entre ses pairs en médiocrité, et Gérand tout devant, près du maître, en compagnie des bons élèves, mais l'alliance conclue au premier regard ne s'était pas démentie.

Néanmoins, chacun avait ses compagnons de jeux, qu'il courait seul rejoindre aux sonneries. Inséparables en classe, les deux gamins s'ignoraient dans la cour. D'ailleurs, ils étaient à ce point différents qu'ils ne s'y seraient pas aussi bien accordés. Le côté galopin, morve au nez, plaies et bosses, du Quentin d'alors, eût heurté de front la personnalité beaucoup plus accomplie de Gérand, déjà propre et déjà cravaté, petit jeune homme, lecteur de romanciers au-dessus de son âge.

Que faisaient-ils ensemble, dira-t-on ? Eh bien, ils trichaient. Ils s'entraidaient lors des compositions, et la disproportion de leurs apports, dans ces échanges, prouvait assez qu'il s'agissait en réalité de l'exercice d'une amitié, et non d'une fraude banale. Gérand n'avait pas besoin des lumières, souvent clignotantes, de Quentin. Il avait pris d'emblée et gardait sans effort la tête de la classe. Sans lui, Quentin eût été contraint de travailler plus pour se maintenir dans la même terne moyenne. Il se trouvait que Quentin avait le don de résoudre de chic certaines difficultés de leurs versions, sur lesquelles Gérand butait parfois, bien qu'il sût beaucoup mieux sa grammaire. En retour, il laissait son camarade copier sur lui, il l'y invitait même. Ainsi, pour prix d'un contresens que Quentin lui évitait par-ci par-là, Gérand lui assurait, presque partout, des notes imméritées. Il n'y avait guère qu'en mathématiques que la nullité avérée de Quentin interdisait cette complaisance. Et peut-être convient-il de voir là une des raisons de la sympathie que Gérand portait à Quentin ? On ne pouvait taxer ce dernier d'idiotie, puisqu'il démêlait mieux qu'un fort en thème les nœuds latins et grecs... Il fallait qu'il fût différent, et cette différence renvoyait Gérand à lui-même. Il ne s'étonnait plus de ne pas comprendre, lui qui comprenait tout, tel ou tel bout de phrase de Virgile ou de Xénophon : tout simplement ces obscurités-là n'étaient pas de son ressort, mais de celui de Quentin. Ils se partageaient le champ de l'entendement. A Gérand l'analyse et la déduction, le bulldozer de la raison déblayant au centre du cosmos une agora de certitudes, la Science. A Quentin, les caprices de l'intuition, les tâtonnements chanceux dans l'ombre des recoins, les Songes ! Ainsi Gérand en avait-il décidé dans la ferveur d'intelligence de ses quatorze ans.

Ils furent séparés en troisième. Gérand avait été admis en *A'*, où n'entraient que les esprits les plus complets, cependant qu'on n'avait voulu de Quentin qu'en *A*, section des humanités orthodoxes dont le prestige allait se dégradant, déjà ghetto, bientôt réserve indienne de rhétoriciens, d'hellénisants, de philosophes. Quentin n'en avait conçu aucun regret. Il lui semblait alors superflu, et pour ainsi dire répréhensible, de se préoccuper d'un métier, d'une carrière, enfin de cet argent qu'il lui faudrait un jour gagner puisqu'il était né pauvre.

Quant à Gérand, et à leur amitié ! Quentin, enfant, égarait sans cesse son cache-nez, ses gants, ses cahiers, ses clefs ; tout lui échappait, tout le fuyait, les quelques sous qu'on lui donnait aboutissaient plus sûrement au caniveau, par les trous de ses poches, que sur le comptoir du confiseur ou de la marchande d'illustrés. En grandissant, il se mit à perdre les êtres comme autrefois les mouchoirs. Amis, parents, amours, qui n'avait-il ainsi perdu ? Il aurait fallu pour l'aimer longtemps n'attendre rien de son cœur immobile, venir à lui et puis y revenir toujours, faire le premier pas et aussi tous les autres. Et il n'avait connu personne qui ne se fût un jour lassé.

Quand il arrivait aux deux adolescents de se croiser dans les couloirs ou dans la cour, ils se souriaient sans aller l'un vers l'autre. Gérand, une fois au moins, invita Quentin à venir déjeuner chez lui un jeudi. Ils auraient pu aller ensuite au cinéma, à la piscine ou au bowling... Mais Quentin s'appliquait alors à jeter sa gourme en compagnie d'une bande de chenapans. Il se souciait peu d'échanger un de ces jeudis au long desquels il filait un si joyeux mauvais coton contre la sortie d'enfants sages que lui proposait Gérand. Il déclina l'offre. A quelques mois de là, il fut ignominieusement chassé du lycée.

La pendule, au mur, indiquait une heure du matin. Quentin s'ébroua sur sa banquette. La brasserie s'était vidée de ses clients. Ne restaient plus, devant le zinc, que quelques-unes de ces silhouettes qu'il connaissait bien, dos voûtés, chefs dodelinants, gestes gourds. Comme eux, naufragé de la nuit, il avait roulé longtemps aux eaux noirâtres de la rue ; comme eux, il s'était souvent abrité à la côte d'un comptoir, pour y attendre devant des consommations de moins en moins chères, des grogs, des bières, des crèmes, des cafés, que le vent glacé qui soufflait sur sa vie tombât enfin. Le vent mollissait. Il quitta la brasserie et se mit d'un pas lourd en quête d'un hôtel.

II

Il s'appelait Jean-Jacques Manoir, et jusqu'à l'âge de huit ans il s'était cru à l'abri dans son nom, mais hors ces lettres avec lesquelles il s'était imaginé coïncider, il était en réalité *Tête-lourde*. Ce surnom qui lui allait si bien, une surveillante agacée de sa lenteur le lui avait décoché quelques semaines après son arrivée à l'orphelinat. Il n'en avait pas trop souffert, une fois dissipé l'étonnement qu'on pût rire de lui. Cela avait été, même, une sorte de révélation : il s'était aperçu qu'il avait en effet, perpétuellement, la tête lourde. Et puisqu'on ne s'adressait plus à lui sans y faire allusion, il s'était reconnu dans ce poids dont on lui parlait avec tant d'insistance.

A huit ans donc, la guerre, sous l'espèce d'une bombe perdue, lui avait donné un passé. Tout au plus croyait-il comprendre que l'éternité avait pris fin. S'il pensait à cela, une image aussitôt lui venait à l'esprit : celle des assiettes anciennes qu'il avait toujours connues, accrochées aux murs de la salle à manger. Sans doute, le dernier matin, les avait-il regardées machinalement en déjeunant avant de partir pour l'école. Tout l'âge d'or tenait dans la vision de ces assiettes intactes. Une voisine était venue l'attendre à la sortie pour le mener directement à la mairie ; il n'était plus jamais rentré chez lui. Chez lui n'existait plus nulle part. On le lui avait dit, il l'avait admis, il s'était montré très raisonnable. Et quand, dans la pénombre de son premier dortoir, il avait essayé de se représenter ce lieu rayé du monde, ne lui était apparu qu'un fragment d'assiette sur un pan de mur immaculé. Il n'avait pas pensé aux flammes ni à la fumée. Non, la bombe avait simplement tout cassé : les murs, les assiettes, les gens ; sa mère s'était brisée sans saigner, ainsi qu'une statue. Il finit par s'endormir, ce premier soir, et rêva qu'il errait solitaire dans un univers en morceaux.

Il fit dans les débuts un orphelin gnangnan, non pas geignard, mais hébété, que ses camarades ne manquèrent pas de persécuter. Ces sociétés d'avant la loi ne sont douces qu'aux forts et aux lisses. Toute particularité vaut proscription, sans l'allonge ou la férocité qui la sanctifieraient. Manoir, avec ses airs de somnambule et cette grosse tête mal fixée sur de frêles épaules, n'eut pas la partie belle.

Souvent moqué, parfois rossé, il le prenait pourtant de haut, secrètement, comme s'il avait survolé la grande cour de l'institution à l'instant même où les turlupins et les caïds en avaient après lui. Rien ne pouvait l'atteindre au cœur, un talisman le protégeait, une bague dans un mouchoir noué qu'il ne montrait à personne et dont il ne se séparait jamais. Aux douches, il serrait ce mouchoir entre ses cuisses ; lors des visites médicales il le cachait derrière un radiateur avant d'entrer dans le cabinet de consultation et le récupérait en sortant.

Cette bague, il l'avait retrouvée dans sa poche le lendemain du cataclysme. Il s'était alors souvenu de l'avoir prise en cachette dans le bureau de son père, ce sanctuaire qu'on n'ouvrait plus depuis l'arrivée de la lettre officielle. Sa mère l'y avait cependant appelé le soir de ses huit ans. Elle avait sorti d'un tiroir le coffret de bois sombre où dormaient les reliques paternelles. Les extrayant de leur châsse, elle les avait disposées, une à une, sur le buvard du sous-main : la croix de guerre et la médaille militaire, la montre de gousset au verre brisé, les lettres, l'alliance et la chevalière. A propos de cette dernière, elle lui avait dit :

« Toi seul, tu pourras la porter quand tu seras devenu un homme. Il ne faudra jamais la perdre ni la vendre, tu m'entends ? »

Sa voix s'était brisée.

L'enfant avait voulu montrer l'objet aux incrédules de l'école. Ils verraient ainsi qu'il n'était pas un menteur, et qu'il possédait une chevalière en or dont le chaton portait, gravé, le hiéroglyphe de son nom, un petit manoir flanqué de deux tours pointues.

Un jour, tandis qu'il patientait dans le bureau du psychologue de l'A.P., il profita d'un pèse-lettre pour peser la chevalière. Il n'osa pas dénouer le mouchoir. Il le posa tel quel sur le petit plateau de fer, et l'aiguille indiqua trente grammes, trente-deux peut-être. Il estima aux deux tiers la part de l'or. Son nom, son âme, c'était pour lui confusément la même chose, pesaient vingt grammes d'or. Il entendit dans le couloir le pas du psychologue et engloutit bien vite le mouchoir dans les profondeurs malpropres de sa poche. L'entretien, comme à l'ordinaire, tourna court ; Tête-lourde répondait toujours à côté des questions. L'homme aux lunettes d'or griffonnait quelques notes en marge de son dossier, puis le renvoyait.

Il devint un homme sans avoir perdu ni vendu la bague et fêta ses vingt et un ans en Indochine, dans un poste menacé. Quelques jours plus tôt, à Saigon, des camarades l'avaient entraîné au bordel, et le matin même sa corvée avait essuyé des coups de feu. La coïncidence de ces trois événements le persuada que les temps étaient révolus, et il glissa enfin l'anneau à son doigt.

De retour en France, il obtint une bourse, reprit ses études et entra dans l'administration des Finances. La nation n'avait qu'à se louer de ce pupille. Il la servait avec une application lente, mais efficace. Il avait eu comme son père la croix et la médaille ; sans doute aurait-il un jour la rosette.

Sa première affectation et sa première feuille de paie l'émerveillèrent. Logement, traitements, congés, indemnités de toutes sortes, son immense protecteur avait tout prévu. Au grade et à l'échelon qui étaient alors les siens, cette minutie n'allait certes pas sans ladrerie. Ses interminables bulletins de salaire n'eussent pas mené plus loin que le quinze du mois un jeune homme modérément dépensier. Pour lui, il y prenait à peine garde. Les cantines et les dortoirs, le linge impersonnel de l'Assistance et de l'armée l'avaient formé à la spartiate.

On l'expédia pour commencer dans un bourg du Finistère nord. Le service du personnel, à l'examen de son miraculeux dossier de stagiaire, d'orphelin et de célibataire, l'avait immédiatement affecté à ce poste dont, à l'évidence, personne ne voulait entendre parler.

Il arriva là-bas en automne, par l'autocar du soir, et aima tout de suite tout, l'ardoise luisante des toits, la paille et la bouse qui jonchaient encore la place du marché, l'omniprésente humidité. Il passa là, dans le vent et la pluie, les années les plus « heureuses » de sa vie. Il s'était installé — à sa manière. On était trop à l'intérieur des terres pour que le tourisme eût déjà marqué le village de son empreinte. Le seul magasin de l'endroit, une coopérative dont la rusticité lui donnait l'impression de cantiner encore, l'enchantait. Il avait acheté dans ce bazar tout ce dont il avait eu besoin : un caban et un pull-over, des bottes, un cache-nez, un réveille-matin, un minuscule réchaud électrique, une casserole, un bol et une cuiller. Chez lui, et même au bureau, il buvait à longueur de journée un mélange de chicorée et de café très prisé dans la région. Pour ses repas, le plus lourd de sa dépense, il s'était arrangé avec le patron du café de la place. L'administration le logeait à l'hôtel des Finances, mot bien ronflant pour la bâtisse qu'il désignait. Il ne changea rien, en six ans, aux deux pièces dont il avait la jouissance. On ne retapisse pas de soi-même les murs d'un cantonnement.

Il fréquentait avec assiduité le bouquiniste du marché, qui lui louait pour quelques dizaines de centimes de petits livres dépenaillés, histoires policières et sentimentales, romans de guerre, d'espionnage et d'anticipation dont il faisait sans discrimination ses délices. Il en allait semblablement de sa vie d'homme ; il payait d'un fichu ou d'un flacon d'eau de toilette ramenés d'un prisunic de Brest les bontés qu'avaient parfois pour lui des serveuses. Tête-lourde, là encore somnolent, se contentait de ces amours rustaudes.

Il thésaurisa sans le vouloir. Il gagnaït encore trop en regard de ses besoins. Les sommes qu'il avait épargnées d'abord à son insu s'accumulèrent sur son compte courant jusqu'à ce qu'un employé de banque, s'avisant qu'elles commençaient à constituer un avoir moins négligeable, lui conseillât de les placer. De bons en emprunts d'État, de livrets en comptes bloqués, régulièrement alimentés par des économies d'autant plus importantes qu'il continuait à passer examens et concours et à s'élever dans la hiérarchie, la « fortune » de Tête-lourde ne cessa de s'arrondir. Il quitta la Bretagne pour l'Auvergne, l'Auvergne pour le

Nord, le Nord enfin pour Paris. Il avait fait ses preuves, on l'appelait au ministère. Les envieux murmurèrent qu'il devait moins cet avancement à ses capacités professionnelles qu'à son ingénuité politique. Les clairvoyants estimèrent qu'il n'irait plus très loin. Les mêmes raisons qui l'avaient hissé jusque-là lui interdiraient de monter beaucoup plus haut. De fait, il devait désormais piétiner.

A quarante ans, Tête-lourde était donc devenu un monsieur, presque un haut fonctionnaire. Il disposait d'une secrétaire et d'un vaste bureau à porte capitonnée où, laissant le tout-venant des contribuables aux sous-fifres, il ne traitait plus que des dossiers d'entreprises. Il ne se rendait plus au bureau en caban et en bottes ; on lui avait fait comprendre que cette tenue par trop *sport* détonnait au ministère, et il s'était docilement acheté deux complets à la Samaritaine. Il avait de même sacrifié son réchaud et son breuvage armoricain. Du coup, on croisait dix fois par jour sa secrétaire devant la machine à café de l'étage.

S'il déjeunait à la cantine, il avait pris le pli de manger mieux le soir. Vers onze heures, alourdi de viande et de vin, il quittait le restaurant et rentrait se coucher. En ce qui concernait son logement, il n'avait en rien modifié ses habitudes, et c'était là que la vacuité de son existence transparaissait le plus clairement, dans la nudité de son deux-pièces contingenté (dont le loyer dépassait à peine le montant de son indemnité de logement). Il s'était résolu à acquérir un lit, puisqu'on lui louait l'appartement vide, ainsi qu'une table et une chaise de bois blanc afin d'étudier les dossiers qu'il emportait chez lui en fin de semaine. Il ne mangeait jamais là ; un réfrigérateur et une cuisinière ne lui auraient servi à rien. Son vieux réchaud trônait sur la paillasse de l'évier entre un paquet de biscottes et ses trois ustensiles : la cuiller dans le bol et le bol dans la casserole.

III

LE sommeil était la pente de Quentin, son vice, sa réponse à tout. Ne dit-on pas que le monde appartient à qui se lève tôt ? Quentin, dormeur d'élite, arrivait bon dernier à tous les partages. Cependant, il n'aimait que l'aube. Le grand jour l'assommait, et il regrettait de n'être pas né sur un monde ténébreux et frais, tout en gris et en bleus, où le soleil ne se fût jamais levé qu'à demi ; il lui semblait qu'il y eût mieux respiré. Hélas ! On ne choisit pas sa planète ! Jusqu'alors, plus souvent qu'il n'y avait assisté, il avait manqué ce lever de rideau qui lui avait parfois procuré l'illusion d'un univers selon son cœur.

Son entrée à la VESIAM et la nécessité de pointer à huit heures à N. allaient changer cela : il verrait l'aube, sans doute un peu trop à son gré ! Bientôt, il le devinait, viendrait le temps des réveils accablés, du gravillon sous les paupières et des emportements contre les souliers qu'on a ôtés sans en dénouer les lacets ou contre la chemise qu'on n'a pas déboutonnée. Mais il n'était pas encore si tôt ce matin-là, et il se mit en route dans un état d'esprit agréablement cotonneux, qu'au surplus il berça de la « lecture » d'une revue peu sérieuse achetée au kiosque de la gare.

Il dut changer de train à V. Il pleuvait, il ne possédait bien entendu pas de parapluie, et la crainte de se présenter trempé à ce M. Augier auquel Gérand l'avait adressé ébranla sa confiance. Il avait toujours redouté les examens, les visites d'embauche, les entretiens où l'on vous jauge, toutes ces confrontations à l'occasion desquelles son imposture risquait de se révéler. Quelle imposture, précisément ? Oh ! il ne savait au juste ! Il sentait en lui, à l'endroit où il imaginait que se situait chez les autres le noyau dur de l'être, une zone friable. Et il avait l'impression, chaque fois qu'il se trouvait face à un interlocuteur dont son sort dépendait, qu'elle clignotait comme un témoin électrique au tableau de contrôle d'une machine défectueuse.

Il descendit enfin à N., tenant à la main le sac de Prisunic qui contenait tous ses biens sur la terre. Il ne pleuvait plus. L'usine, un ensemble de cubes et de parallélépipèdes de couleurs vives, s'élevait à peu de distance de l'agglomération. Il suivit un groupe de personnes qui se dirigeait de ce côté. Il n'y avait pas de trottoir, et il fallut marcher sur le bord d'une route défoncée par le passage des camions. Ainsi que Gérand l'avait expliqué à Quentin, l'activité de la filiale de N. consistait à réceptionner et à adapter aux normes françaises des véhicules en provenance d'Allemagne. Les chaussures de Quentin prenaient l'eau ; il eut vite les pieds mouillés et cet inconfort vint encore augmenter son anxiété.

La vue s'élargissant à un tournant, il aperçut son premier convoi. Trois longues remorques stationnaient devant un hangar. Sur chacune d'elles reposaient, tête-bêche, deux camions. Des gaillards en bleu de travail s'affairaient à cisailler les brins d'acier qui liaient les monstres à leur berceau. Contre le mur du hangar, et contre le grillage qui délimitait face à la plaine une aire battue de vent, s'empilaient des palettes de pneus. Plus loin, le parc étendait à perte de vue ses alignements de camions neufs.

Quentin franchit l'enceinte et parvint devant le bâtiment de l'administration. Il était neuf heures moins dix. Il laissa la troupe des employés s'y engouffrer et résolut d'attendre à l'extérieur.

A neuf heures précises, il grimpa à son tour les marches du perron. Il longea d'abord un couloir tapissé d'affiches vantant les mérites des poids lourds de la firme. A l'extrémité de ce couloir s'ouvrait un hall d'accueil. Quentin expliqua la raison de sa présence à l'hôtesse.

« M. Augier m'a prévenue de votre visite, en effet, lui répondit-elle. Il vous recevra dès son arrivée. »

Elle l'invita à prendre place dans un fauteuil. Rendant en esprit toutes grâces à ce chic type de Gérand, Quentin alla s'asseoir entre une plante verte et une table basse sur laquelle on avait posé en éventail une série de revues et de dépliants publicitaires. Un quart d'heure s'était à peine écoulé qu'un homme pénétrait au pas de charge dans le hall.

« Ah ! Monsieur Quentin D., je suppose ! »
Quentin se leva à sa rencontre. Les deux hommes se serrèrent la main.
« Je ne puis dire exactement que je vous attendais, lança Augier, puisque c'est vous qui m'attendiez ! »
Il pria Quentin de l'accompagner jusqu'à son bureau. Quentin empoigna son sac.
« Laissez donc votre sac, vous le reprendrez tout à l'heure. »
Quentin hésita, dans la crainte saugrenue que la réceptionniste n'allât y fourrager en son absence, et ne découvrît son linge sale et sa revue légère.
« Vous préférez le garder ? Comme il vous plaira. »
Quentin conserva son sac.
« Asseyez-vous, je vous en prie. »
Très vite, Augier ôta son manteau et son cache-col et les rangea dans une armoire de fer. Puis il prit place derrière son bureau et dévisagea Quentin. Celui-ci cilla.
« Bon, dit enfin le chef du personnel en baissant les yeux sur ses mains posées à plat sur son buvard. Vous m'avez été chaudement recommandé. »
Il laissa passer un temps.
« Je dois vous prévenir que l'emploi dont on vous a parlé n'a rien d'une sinécure. »
Quentin fit mine de protester.
« Tout au contraire, poursuivit Augier sans l'écouter, il s'agit d'un poste fatigant, dangereux, mal payé. »
Il dévisagea à nouveau Quentin.

« Il me faut du travail, dit celui-ci.
— Avez-vous l'expérience des travaux de force ? »

Quentin fit non de la tête.

« Il me faut du travail », répéta-t-il désespérément.

Augier soupira.

« Bien sûr. Vous habitez ?...
— Paris, monsieur. A l'hôtel.
— Nous nous montrons intraitables sur le chapitre de la ponctualité et de l'assiduité. Il existe une prime, qui diminue à chaque retard, à chaque absence non justifiée... Parlons clair : nous hésitons à garder les gens qui, à l'échéance d'un trimestre, ne touchent pas au moins la moitié de cette prime. Mais tout ira bien, j'en suis sûr. »

Il se leva. Quentin l'imita.

« Mlle Maupuy va vous aider à remplir votre dossier d'embauche. Ensuite, elle vous conduira auprès de votre chef d'atelier, M. Verlay. »

Augier sonna sa secrétaire. Quentin était déjà dans le couloir quand il le rappela.

« Il me semble que vous oubliez votre sac. »

Quentin le lui prit des mains en rougissant.

A l'instant où Quentin pénétrait dans l'atelier, s'annonça un transport de roues au déchargement duquel M. Verlay, un petit homme survolté, l'affecta aussitôt.

« C'est le coup de feu, s'excusa le contremaître. Nous ferons plus ample connaissance cet après-midi. Vous n'avez jamais manipulé de roues de poids lourd ? Vaneyck, cria-t-il à un type dégingandé qui se tenait à quelques mètres, tu lui montreras à rouler un pneu ! »

Le magasinier avait congé ce jour-là ; Quentin ne se vit délivrer ni bleus ni chaussures de sécurité. On lui lança une paire de gants de cuir usagés qui traînaient dans un coin de l'atelier.

« Les copains vont balancer les roues, lui dit Vaneyck quand ils furent à l'air libre ; nous, on les bloque et on les range en palettes. »

Une brute que les autres appelaient Quimper et un adolescent grimpèrent à l'arrière du camion pendant que Quentin, Vaneyck et un blondin se postaient en attente à une quinzaine de mètres, frissonnants sous le vent glacé de la plaine.

Les roues, à l'intérieur de la remorque, étaient chargées à plat, en piles de dix ou onze. Pour les décharger, il fallait se hisser sur la pointe des pieds et haler à soi la plus élevée, l'amener à son point de déséquilibre, puis, des bras, du torse, des jambes, la plaquer contre la pile afin de ralentir sa chute. Le gamin dégagea ainsi la première avec l'aisance de l'habitude. Pivotant sur lui-même, il la précipita aussitôt dans le vide.

La bête noire rebondit plus haut que la plate-forme d'où elle était tombée, et après quelques sursauts à peine moins spectaculaires fonça de biais sur un véhicule garé trop près.

Vaneyck prit sa course, et, non sans esquisser des passes de toréador pour amuser la galerie, dompta la roue de grandes claques judicieuses. Quentin faillit applaudir. Quimper lâchait déjà une seconde roue. Blondin l'intercepta comme en se jouant et la dirigea vers une palette.

« A toi la prochaine, dit-il à Quentin comme il passait à sa portée. Fais attention à tes genoux, ça pèse lourd.

— Ah ! bon ? Combien ?

— Cent, cent vingt kilos, ça dépend des modèles... »

Quentin eut un mouvement de recul ; la roue qui lui était destinée jaillit de la plate-forme. Il s'élança, l'évita d'un coup de reins, et s'efforça de corriger sa trajectoire. Un concert de cris et de rires l'avertit qu'il s'y prenait mal.

« Freine-la d'abord ! Aïe ! Gaffe au camion ! »

La roue, qui n'avait presque rien perdu de sa vitesse, menaçait d'aller percuter l'aile de ce maudit camion. Quentin se vit déjà renvoyé.

« Par terre ! Fous-la par terre ! » hurla Vaneyck.

Quentin se jeta flanc à flanc contre la roue. La violence du choc l'étonna. Il se souvint en un éclair d'avoir, à peine adolescent, tenté d'arrêter de la même manière son professeur d'éducation physique, un colosse, qui filait vers les buts de son équipe au cours d'une partie de rugby. La sensation était la même : une force infiniment supérieure à la sienne l'écartait d'une prodigieuse bourrade. Il ferma les yeux et boula sur le goudron de l'aire. Quand il les rouvrit, le bolide terminait sa course avec fracas, trente mètres plus loin, dans un entassement de caisses.

Il se releva tout endolori. Les autres se tapaient les cuisses.

« Le camion n'a rien, leur cria-t-il vexé.

— Le camion, non, mais c'était tout juste, et les caisses en ont pris un coup ! Et le bonus, alors ? On les revend, ces caisses, et voilà que tu nous en fais du petit bois !

— Bon, coupa Vaneyck, va chercher ta roue, on continue. »

Quentin ramena sa roue en claudiquant. Blondin lui montra comment la mettre en palette.

« Tu t'es amoché ? »

Le tissu de son pantalon poissait de sang autour d'un large accroc.

« Ce n'est rien, une écorchure. »

Blondin n'insista pas. Quentin regagna sa place dans la rangée de quilles humaines.

Il bloqua à peu près convenablement sa seconde roue et les suivantes. Bientôt en sueur en dépit du froid, bergers du troupeau de monstres bondissants que les camarades de la remorque ne cessaient de jeter dans leurs jambes à intervalles de plus en plus courts, ils se démenèrent jusqu'à l'heure du repas.

Déjà à demi abruti de fatigue, Quentin s'emplit de nourriture et de vin sans dire un mot, se contentant de sourire aux plaisanteries de ses compagnons, qui ne l'appelaient plus que « l'aviateur » sous prétexte qu'il avait cassé du bois.

L'après-midi passa vite. Ils déchargèrent le convoi que Quentin avait aperçu le matin même à la porte de l'atelier. Cette opération, ainsi qu'il devait bientôt le comprendre, se déroulait selon un rite immuable. La remorque sitôt immobile au-dessus de la fosse, deux hommes l'escaladaient et fixaient aux deux extrémités du châssis supérieur des élingues d'acier. Pendant ce temps, on poussait à bras deux *chèvres* le long de rails courant de part et d'autre de la fosse. Chacune, gracile assemblage de poutrelles haut de cinq mètres, supportait un palan. On prenait un peu de champ et, saisissant les boîtiers de commande, un homme de confiance soulevait le premier châssis à petits coups prudents pour le déposer ensuite sur la fosse dégagée. On répétait un peu plus tard la manœuvre pour le second châssis. Ne restait plus qu'à équiper chaque camion d'un train de roues, ce que Quentin apprit à faire sous la houlette nerveuse de M. Verlay.

A cinq heures et demie, les reins brisés, les paumes douloureuses, trop las pour imiter ses camarades et se doucher avant de partir, il récupéra son sac au vestiaire et tituba jusqu'à la gare. Sa vie nouvelle avait commencé.

IV

TÊTE-LOURDE habitait à Paris depuis deux ans quand ses rêves nocturnes prirent un tour désagréable. Jusqu'alors, à de rares exceptions près, il avait rêvé comme il avait vécu. Ses songes simplets, conversations professionnelles, promenades dominicales, scènes à la cantine, se distinguaient si peu de la réalité qu'il lui arrivait de les confondre. Ainsi s'étonnait-il parfois de ne pas trouver trace, dans tel ou tel dossier de contribuable, d'éléments d'imposition qu'il était persuadé d'y avoir déjà remarqués. Il les avait tout bonnement rêvés. Après quelques mésaventures cuisantes (un confectionneur lui avait ri au nez, un charcutier l'avait traité de fou), il s'était résolu à ne plus s'écarter d'un iota de la chose écrite : la Déclaration, toute la Déclaration, rien que la Déclaration. Mais alors, il les décortiquait, ces bilans bien tangibles, comme un gourmand nettoie des pattes de crabe à la curette ! Il aurait mieux valu, pour certains, voir leur affaire traitée par l'endormi que par l'éveillé ; il leur en eût coûté moins cher au bout du compte.

En tout cas, hors ces bavures et son « grand

rêve » du monde brisé qui revenait de loin en loin le visiter, sa vie onirique avait été jusqu'à sa quarantième année d'une banalité exemplaire. Sans doute, à quelques brasses sous la surface, sous ces eaux limpides et sages, des boues, des vases stagnaient-elles ? Les étangs pourrissent par le fond.

Fut-ce le coup d'arrêt donné à sa carrière, ou simplement l'heure sonnée d'une échéance intime ? Tête-lourde avait assez vite compris que sa nomination à Paris marquait, pour l'essentiel, la fin de son ascension. Il avait le plafond bas. Au-delà s'étendait la zone des vraies responsabilités, où l'administratif se teinte de plus en plus de politique, où le sens de la combine se marie pour le meilleur et pour le pire à celui de l'État. D'ailleurs, il votait pour l'État et non pour le régime, et cela, mystérieusement, se savait. Il appliquait d'une main de fer règlements et décrets ? On attendait de vous, plus haut, plus de souplesse et plus d'intelligence. Enfin il n'était pas de la famille où se recrute le dessus du panier d'un ministère. Il lui manquait la naissance et le vernis, les amitiés, les mots de passe, la culture et l'aisance : à peu près tout.

Quant au pourrissement, en lui, de ces vieilles choses qui constituent l'humus natal d'une personnalité, il fait peu de doute qu'il fournit le thème obsessionnel des cauchemars qui l'assaillirent bientôt chaque nuit. Car, d'une nuit à l'autre, tout bascula dans l'immondice. Il n'était plus question, sitôt s'était-il endormi, que de W.-C., de latrines, de feuillées et de cabinets malpropres, où le rêveur ne se tenait qu'à grand-peine. Il ne s'y estimait jamais assez à l'abri des regards. La porte était à claire-voie. Des vandales avaient arraché le loquet. Le mur du fond s'était effondré. Une foule malveillante rôdait autour de son réduit. D'autre part, l'abondance des matières qu'il s'efforçait d'expulser portait à l'extrême son angoisse et son dégoût. Aucun récipient ne semblait devoir y suffire, et les chasses d'eau qu'il tirait à la volée ne chassaient rien. Cela s'accumulait, montait, débordait jusque dans le couloir, jusque dans la rue, en coulées catastrophiques. Alors, se rajustant en hâte, il fuyait sous les invectives et les sifflets. Un peu plus loin, il lui fallait se débonder à nouveau.

Parfois, métamorphosé en lilliputien, il arpentait d'étranges paysages, semblables à des cuvettes géantes. Des afflux d'excréments, des trombes d'eau, des tourbillons menaçaient à tout instant de l'entraîner vers le gouffre circulaire qui s'ouvrait, sous un horizon de faïence, entre deux îles plates. Parfois aussi il traversait une ville bombardée, et le contenu des égouts éventrés jaillissait sous ses pas. Longtemps il titubait entre des geysers d'un bouillon brunâtre et fumant. Enfin, à demi aveuglé, couvert d'ordure des pieds à la tête, il apercevait la maison, sa maison, la seule intacte de toute la ville. Il parcourait les derniers mètres, claquait au mufle des bombes le ridicule, fragile portillon de bois du jardin, grimpait les marches du perron, poussait la porte, traversait le vestibule, pénétrait dans la salle à manger. Sauvé ! Comme au matin de son dernier départ pour l'école, le lait fumait dans son bol, son cartable bien bouclé l'attendait au pied de sa chaise, les serins pépiaient doucement dans leur cage. Il s'asseyait, buvait une gorgée de lait. Il riait. Le lait lui dessinait chaque matin des moustaches de vieux monsieur. Il faisait exprès de ne pas les essuyer, afin que sa mère pût le gronder pour rire, sur le perron, avant de le laisser partir. Il levait les yeux, s'apercevait qu'une des belles assiettes accrochées au mur était cassée. Il n'en restait qu'un éclat, coincé dans sa monture de fer.

« Maman, criait-il, maman, qui a cassé l'assiette ? »

La voix formidable de la bombe couvrait celle de sa mère :

« Braoum ! Brabraoum ! Braoum ! »

Le toit béait, soudain, comme fendu à la hache. Du sol bouleversé s'élevait un geyser nauséabond, et Tête-lourde était projeté très haut dans le ciel au milieu d'un nuage de gouttelettes brunes. Il retombait lentement, lentement, et s'éveillait à l'instant où son corps s'écrasait dans la cour de l'orphelinat.

Ce dernier rêve et ses variantes produisaient sur l'équilibre intérieur de Tête-lourde l'effet de coups de boutoir. Après de telles nuits, il ne trouvait même pas le courage d'aller travailler. Il restait chez lui à tourner en rond. Ou bien, s'il faisait beau, s'il ne se supportait vraiment plus, il sortait, il marchait sans but. Tout

d'abord, le mouvement des rues le distrayait de ses ruminations. Il s'offrait une glace, ou, l'hiver, un cornet de marrons. Mais bien vite il se reprochait d'avoir déserté son poste pour des bêtises et s'alarmait à l'idée de rencontrer un de ses collègues en visite. Ses marrons chauds ne passaient plus. Il imaginait l'indiscrétion, la dénonciation :

« Tiens, je n'ai pas vu M. Manoir aujourd'hui. Serait-il malade ?

— Oh ! non, je l'ai croisé rue La Boétie. Il avait l'air en pleine forme ; il croquait des marrons !

— Des marrons ! Ma parole, il en prend à son aise, celui-là ! »

Froncement de sourcils. Note de service comminatoire. Convocation et réprimande. Mention au dossier !

Tête-lourde jetait le fond de son cornet au caniveau. Il achetait une cravate dans le premier Monoprix venu. En sortant du magasin, il hélait un taxi.

« Au ministère des Finances ! »

Si l'épreuve brisante de ces nouvelles moutures du songe des origines lui était le plus souvent épargnée, il n'était guère de nuit qu'il ne pataugeât à nouveau dans la fange. Il vivait absolument seul. Malgré ses préventions contre les psychologues (ces doucereux à lunettes d'or, persécuteurs des orphelins !) une femme, un ami, s'il leur avait confié sa honte, l'eussent à la longue persuadé de la nécessité de consulter. Mais il n'avait jamais eu d'ami. Dans l'enfance au moins, on dit tout à un ami. Et dire tout, pour lui, du temps de l'Assistance, c'eût été dévoiler son secret, parler de la chevalière, la montrer, s'exposer à la trahison et au vol. Tête-lourde n'avait jamais toléré que des camarades : Bonjour-bonsoir. Même avec les femmes, il avait toujours tenu closes les portes de son *manoir*. Sans qu'il s'en fût avisé, deux ou trois filles simples avaient failli l'aimer. Silencieux, expéditif, il les déconcertait et l'amour, pour croître, s'accommode fort bien d'une inquiétude sourde. Mais s'il prenait vite, il quittait vite. Il ne semblait pas concevoir l'idée d'une quelconque communauté d'existence ; on se rencontrait, on échangeait deux mots et deux caresses, et puis rien : Bonjour-bonsoir. D'ailleurs ses bonnes fortunes s'espaçaient. Tête-lourde se desséchait, tournait au célibataire rance. Les serveuses ne s'attardaient plus guère à sa table. Châtelain et fantôme de son nom, Manoir, de plus en plus orphelin, hantait les corridors et les escaliers déserts de sa vie.

Il se souciait d'autant moins de s'en remettre à un médecin ou à un psychiatre qu'il inclinait à voir dans la répétition de ces cauchemars scatologiques, non pas un symptôme de maladie, mais une marque d'infamie. C'était sale ; c'était mal. Les moyens d'investigation qui lui eussent permis d'en entr'apercevoir les causes et par là même d'atténuer le sentiment de culpabilité qu'il en retirait lui faisaient totalement défaut. Sa solitude, sa nullité ou son indifférence intellectuelle l'avaient tenu à l'écart de toutes les théories de son époque. La lame de fond déferlait sur un pays sans digues.

Sa vie devint un enfer. Le soir, il redoutait l'instant de gagner le lit tant il était sûr par avance de ce qui l'y attendait. Souvent, dans la réalité même, il ne pouvait s'empêcher de lancer autour de lui des coups d'œil anxieux en sortant des toilettes du ministère, et son cœur bondissait dans sa poitrine si quelqu'un stationnait ou seulement passait à ce moment-là dans le couloir. Il nettoyait avec soin derrière lui à l'aide de désinfectants, de désodorisants, de petits balais achetés de ses deniers. Il se surprit un jour à laver une lunette qu'il n'avait pas utilisée lui-même, de peur qu'on ne lui en attribuât la saleté. Dans un sursaut d'amour-propre, il décida qu'il « n'irait » plus ailleurs que chez lui. Il briqua dorénavant ses cabinets personnels avec autant d'acharnement que ceux de son lieu de travail. Il poussa la minutie jusqu'à tout inonder d'eau de Javel pure avant de retapisser les murs de frais. Il n'avait jamais bricolé. Il sua sang et eau, s'énerva, s'y reprit à trois fois, gâcha plusieurs rouleaux de papier peint, et ne parvint même à ce prix qu'à un médiocre résultat. Mais enfin c'était net ! Quand il eut terminé, il accrocha sur la porte, face au siège rutilant, un dévidoir de papier flambant neuf. Il aligna au pied du mur de droite ses brosses, son eau de Javel, ses tampons *scratch*, ses aérosols parfumés, ses détartrants. Il punaisa à gauche un *poster* en couleurs représentant un torrent de montagne ; fraîcheur, pureté, virginité de l'air, des eaux, du roc imputrescible... Il sortit, ferma la porte. Voilà, il s'était donné du mal, n'est-ce pas ? Cabinets impeccables. *On mangerait par terre !* Nul ne pourrait rien trouver à redire. Il haussa les épaules. Personne ne montait jamais chez lui. Ses compagnes de hasard, il les entraînait toujours à l'hôtel. Tout cela ne servait à rien. Il se tordit les mains. Cette nuit encore, il le savait, il fuirait à travers le labyrinthe immonde.

Il se coucha de plus en plus tard, dans l'espoir que la fatigue opposerait un obstacle à l'insistance de ses cauchemars. Il lambinait à table. Il avalait d'abord assez de vin pour se procurer le confort d'une ivresse bénigne. Après dîner, il commandait un café, puis un digestif. Il somnolait sur *Le Parisien*, ou bien il écoutait, sans jamais s'y mêler, les conversations de ses voisins, et le temps s'étirait.

De pousse-café en liqueurs et en crèmes, il aurait pu sombrer dans l'alcoolisme. Son foie de bébé et son sens de l'économie le sauvèrent de ce piège. Les nausées lui venaient trop tôt, et les liqueurs de marque étaient trop chères. Il se bourra de tisanes. Hélas ! elles favorisent le sommeil ! Le second café qu'il prenait le tenait éveillé mais lui donnait bientôt des haut-le-cœur. Il buvait alors un peu d'Hépatoum, et réclamait de l'eau chaude pour rallonger sa tisane, afin de chasser le goût de l'Hépatoum. Ses paupières s'alourdissaient, il dodelinait, il bâillait, il allumait une cigarette. Il était minuit, minuit et demi, une heure, on ferme tard sur les boulevards ; il s'ennuyait à mourir, il aurait donné n'importe quoi pour dormir en paix. Il s'en allait enfin. Il se glissait avec dégoût entre ses draps. Vers trois heures, il rendait les armes, il piquait du nez sur son roman d'espionnage et se débattait jusqu'à l'aube dans son cloaque familier.

V

A LA seconde sonnerie du réveil, Hugo ouvrit les yeux. Il alluma à tâtons la lampe de chevet. Près de lui, dans le fouillis douteux des couvertures et des draps, les chow-chows encore somnolents s'étiraient. Il se disait chaque matin qu'il ne devrait pas les laisser dormir dans son lit. Mais ils lui tenaient chaud. Mais il avait son trésor sous les yeux quand il s'éveillait. Comme chaque matin, pris d'attendrissement, il serra sur sa poitrine les deux bêtes. Elles se débattirent et lui soufflèrent au nez. A la différence des autres races, qui aboient et qui jappent, le chow s'exprime au moyen de reniflements, de soupirs, d'éternuements et de bruits de langue. Tout un idiome bougon que Hugo se proposait d'étudier un jour en détail. Peut-être écrirait-il sur ce sujet un traité, ou tout au moins une copieuse communication ? Il en avait déjà choisi le titre : « Le langage pneumatique du chow-chow, dit aussi chien-lion ou chien de Hong Kong. » Il publierait cela dans *La Vie des bêtes* ou dans *Le Courrier de cynophilie.* Et pourquoi ne donnerait-il pas une conférence au Chow-chow club ? Il n'avait jamais endossé un smoking. Il en louerait un. Le smoking, lui semblait-il, ne messiérait pas à sa haute taille. Il oubliait la vilaine voussure de son dos, sa silhouette moins élancée que dégingandée, sa pusillanimité de vieux garçon. Tandis qu'il rêvassait ainsi, les bêtes le piétinaient en soufflant joyeusement à toutes narines. Le mâle, non content de l'étouffer sous ses quatre-vingts livres, essayait de happer la main qui s'efforçait de l'écarter. Hugo connaissait la chanson et dégagea cette main déjà couturée de cicatrices.

Il se leva. Les chiens l'imitèrent. Il enfila sa robe de chambre. En plein hiver, le thermomètre indiquait 12 °C. Cette maison était si difficile à chauffer ! Et puis les chow-chows s'épanouissent au froid.

L'heure du lever, l'heure des nausées. Un premier spasme le tordit comme il s'apprêtait à ouvrir les volets. Un second le suivit de près. Hugo s'appuya d'une main au battant de fer. Il hoquetait à présent sans discontinuer. Un haut-le-cœur plus violent, comme un mouvement d'exaspération de toute sa carcasse, le jeta contre le volet. Oh ! c'était tout de même abominable. Il devait être malade pour de bon, il allait mourir bientôt, qui sait ? Il se plaignit d'une voix altérée, entrecoupée de râles :

« Bien finir par crever... Pas possible autrement ! »

Quand cela durait trop longtemps, il retournait s'allonger. Entre les chow-chows attentifs il attendait que son malaise se dissipât. La femelle lui tirait une langue noire. Il saisissait à deux mains sa tête d'oursonne, il la froissait, il la chiffonnait, le *scowl,* ce sillon caractéristique, se creusait davantage sur le front de la chienne. Il riait. Elle poussait un gros soupir d'aise.

Il finit d'ouvrir les volets. Il avait neigé ; les chiens allaient s'en donner ! Il fit chauffer de l'eau sur le réchaud électrique et prépara la lavasse de café soluble qui chasserait le goût de bile qu'il gardait en bouche. Il avala le contenu de la tasse, très vite. Il alluma une cigarette ; là ! Il se sentait à peu près dispos maintenant. Cependant, par crainte d'une nouvelle crise, il n'osa pas nourrir ses chéris tout de suite. Pour la même raison, il remit à plus tard de retaper son lit. A cette heure-ci, il convenait de s'agiter le moins possible. Une écume amère, en lui, ne demandait qu'à déborder. Il s'habilla à gestes menus. Il se laverait ce soir, peut-être. Un gamin du voisinage avait cassé une vitre de la salle de bains. Oui, oui, il faudrait songer à la remplacer. Plus tard. Tout, plus tard.

Il gagna son bureau. Sitôt entré, il alluma un réchaud semblable à celui qui se trouvait dans sa chambre. Il en avait installé un dans chacune des pièces habitées. Il mit à chauffer une casserole d'eau minérale, pour son second café.

Ce bureau était la pièce la moins froide de toute la bâtisse. Il aurait pu y dormir, s'il en avait déménagé une partie de la bibliothèque. Mais les choses s'enracinaient autour de lui. Le moindre objet échoué en un point quelconque n'en bougeait plus avant des semaines ou des mois. Aucune volonté ne régissait l'espace. Rien n'excluait rien. L'ampoule neuve ne se substituait pas à l'ampoule grillée, elle s'y ajoutait. Tout s'ajoutait à tout, la chemise sale au calendrier des postes de l'an passé, le manuel de catalogage à la bouteille de sirop pour la toux de l'hiver dernier et au trognon presque fossilisé d'une pomme croquée cet été. Tout tournait en épave et s'enlisait dans la poussière et les touffes de poils de chien. Hugo ne songeait pas plus à déplacer la bibliothèque qu'un îlien à chambouler ses falaises. Non. Rien ici ne changerait jamais. A moins que... Mais il détestait penser à cela ! Une menace terrible planait sur son univers. Le pavillon qu'il avait reçu en héritage était situé sur le tracé d'une bretelle d'autoroute. La procédure d'expropriation suivait son cours. Il espérait encore, désespérément.

Il n'occupait que trois pièces sur huit. Les autres, silence et ténèbres moisies, servaient aux chows de terrain d'exercice les jours de pluie. Lui-même n'y pénétrait jamais. Sans doute y avait-il des rats : le couple taciturne éclatait parfois là-bas en aboiements furieux. Il appelait alors, sans succès. Les chiens revenaient quand cela leur chantait, gris de poussière, enguirlandés de toiles d'araignées. Comme il s'assurait qu'ils n'avaient pas été mordus, il respirait sur eux des odeurs étranges. Ils sentaient le mystère ; ils semblaient revenir de loin, du fond du temps par des couloirs étroits. Il ne se hâtait pas alors de les brosser, en dépit du soin méticuleux qu'il apportait d'ordinaire à leur toilettage.

Il versa dans un verre sale un peu de café lyophilisé. Il l'achetait par grands bocaux, trois à la fois, de même que le sucre, par trois kilos aussi, et les cigarettes par trois cartouches. Pareillement, les chiens avaient chacun trois bols et trois écuelles ; ils mangeaient tantôt ici et tantôt là, au gré des caprices ou des nausées de leur maître. Celui-ci entendait avoir tout sous la main. Il avait renoncé depuis longtemps aux préoccupations communes à la plupart des hommes ; l'amour, l'ambition, le désir de possession, la recherche du bonheur, il s'était toujours montré trop maladroit ou trop distrait pour ces jeux et pour ces combats. Cavalier empêtré dans ses étriers, il avait laissé courir la chasse loin devant. Son mode était la myopie : les grandes choses lui ayant échappé, il ne tolérait pas que les petites lui manquent. Comme un malade endure sans geindre son martyre mais s'emporte s'il ne trouve pas son verre et sa bouteille d'eau à leur place assignée, il s'accommodait de la solitude et de la monotonie de son existence, quitte à hurler de rage si, à l'heure du repas des chows, il lui fallait chercher quelques minutes un ouvre-boîte.

Il emplit le verre d'eau bouillante, ajouta un sucre et demi, touilla le tout de l'extrémité d'un crayon, puis, le verre à la main, prit place au bureau. Parmi le désordre qui en encombrait le plateau, tasses où fermentait un reste de café, stylos mâchonnés, revues, quittances d'électricité, fiches catalographiques inachevées, son regard s'arrêta sur un mince volume relié en toile rouge. Aujourd'hui ? Il tendit la main, ouvrit le livre d'un geste précis, vérifia la date du dernier coup de tampon. C'était bien aujourd'hui. Un pli de contrariété lui barra le front. Il consulta un carnet. *Benassayag. Henriette Benassayag.* Suivaient une adresse et un numéro d'inscription. Henriette Benassayag devait rendre ce livre aujourd'hui à la bibliothèque municipale. Elle le rendrait ponctuellement. Un sourire se dessina sur les lèvres de Hugo. Le prochain lecteur des *Contes fantastiques* de M. Iago de Saint-Aubigny, SAINT-AUBIGNY (Iago de), en jargon bibliothécaire, serait... Voyons, serait... Mme Cambon. Voilà un excellent choix, un choix raisonnable. Mme Cambon, belle femme opulente, commerçante fort occupée, fréquentait la bibliothèque très irrégulièrement. Chat échaudé... Une mésaventure pénible avait rappelé Hugo à la prudence. Les *Contes* sortaient moins souvent depuis qu'une étudiante avait fait un esclandre à la banque de prêt, jurant ses grands dieux qu'elle n'avait jamais entendu parler du livre de ce Saint-Arpigny, Saint-Machin, là, Saint-Riquiqui, qu'on lui réclamait par lettre signée du maire. M. le maire, évidemment, ne signait pas les lettres de relance ; il ne s'agissait que d'un tampon apposé au bas de la page. Mais sait-on à quel point les titres et l'autorité impressionnent ? Hugo avait vu de vieilles gens au bord des larmes lui tendre de telles missives. M. le maire avait signé ! M. le maire avait lu leur nom sur une feuille où il était écrit qu'ils étaient en faute ! D'autres, bien sûr, s'en contrefichaient. D'autres encore s'irritaient contre le maire et tous ces bureaucrates abrutis, tas d'incapables, qui vous paye, à la fin ? Hugo rentrait la tête dans les épaules. Ces gens-là payaient effectivement des impôts, et surtout, surtout, ils votaient ! Hugo excusait son personnel débordé, M. le maire qui ne peut tout voir par lui-même, le petit chien qui avait mordillé le livre, bébé qui l'avait maculé de bave et de soupe aux légumes, madame qui l'avait perdu dans le train. Avec la vie qu'on mène, n'est-ce pas ? Hugo absolvait, bénissait tout le monde, et retournait s'enfermer dans son bureau, les mains tremblantes.

Mais l'étudiante ! Il avait compris tout de suite, quand il l'avait aperçue, rouge de colère, devant la banque de prêt. Il l'avait sélectionnée comme les autres, pour sa joliesse. Son cœur avait battu un peu plus vite à l'instant où il avait glissé la fiche verte des *Contes* dans la pochette jaune de la lectrice, Clara di Mencino. Ces prêts imaginaires constituaient autant d'hommages, d'outrages, de viols secrets. Des mois après l'incident, Hugo se mordait encore les lèvres au souvenir de sa frayeur. En un éclair, il avait vu son pauvre secret découvert et moqué, l'indicible jeté en pâture à la curiosité publique. Il s'était vu soupçonner de manœuvres d'autant plus coupables qu'incompréhensibles, convoqué par M. le maire, chassé de son poste, interné peut-être ! On perquisitionnerait chez lui. Des policiers bousculeraient ses chiens, fouilleraient ses tiroirs, découvriraient dans la pénombre de la cave les étagères où dormaient, sous la poussière, quatre cent cinquante-deux exemplaires des *Contes* de Iago de Saint-Aubigny : la quasi-totalité du tirage.

Sûre de son fait, l'employée qui s'occupait du fichier des lecteurs agitait la fiche verte sous le nez de l'étudiante. Cette fiche n'était pas entrée dans cette pochette par l'opération du Saint-Esprit. Elle en avait assez de ces gens qui perdent les livres et vous soutiennent mordicus qu'ils ne les ont jamais empruntés ! Les voix montaient, des visages curieux se tournaient vers les deux jeunes femmes. Hugo avait bondi. D'un ton coupant de chef de service — n'était-il pas après tout cadre A, bibliothécaire de première catégorie, un véritable professionnel ? — il avait fait taire l'employée.

« Allons, ça suffit ! Nous n'allons pas embêter les abonnés avec des histoires de fiches. C'est une erreur, voilà tout ! »

Puis, lâchement, car dans ce cas au moins sa subordonnée n'avait rien à se reprocher :

« Si vous apportiez un peu plus de soin à votre travail, cela n'arriverait pas si souvent. »

Interloquée par cette sortie, la fille n'avait rien trouvé à répliquer dans l'instant. Alors, profitant de ce répit, car elle avait d'ordinaire la langue mieux pendue, Hugo lui avait pris la fiche des mains.

« Je m'en occupe. Excusez-nous, mademoiselle. »

Il avait couru se réfugier dans son antre. Il y était resté prostré tout l'après-midi. Il avait échappé au pire. Cependant, à la banque et dans les rayons les commentaires acerbes devaient aller bon train. On lui resservirait l'affaire à la prochaine réunion du personnel, il pouvait y compter. Un cadre, lui dirait-on, doit couvrir ses collaborateurs en toutes circonstances, quitte à leur passer ensuite un savon à huis clos. Mais pour couvrir, pour protéger qui que ce soit, il faut de larges épaules, il faut être fort, et lui... Sa tâche de petit contremaître culturel l'écrasait. Lui confier la responsabilité d'un service, exiger de lui qu'il exerçât une quelconque autorité sur des êtres humains, quand son rêve eût été de s'endormir à jamais, lové comme un enfant entre ses chiens, le nez dans leur fourrure, le cœur dans leur chaleur !

Il avait glissé la fiche verte dans son portefeuille. Il avait filé à six heures sans saluer personne. Il avait beaucoup bu ce soir-là. Il avait tenu aux chow-chows des discours larmoyants et pâteux. Ils avaient l'habitude : il se soûlait à mort deux ou trois fois par mois. Ils l'écoutaient alors divaguer, patiemment, clignant parfois entre eux leurs yeux d'asiates. Et quand enfin, après avoir vomi son vin, il tombait de son long dans ses déjections, ils se couchaient contre ses flancs et s'endormaient avec lui.

Hugo but son second café à petite gorgées

tout en fumant une autre cigarette avant de descendre ouvrir aux chiens la porte vitrée qui donnait sur le jardin. Ils s'élancèrent vivement, de ce curieux trot dansant particulier à la race. Il referma la porte et s'attarda à les contempler à travers un carreau fêlé. Ils se roulaient dans la neige fraîche. Ses anges, ses amours ! Il leur adressa un baiser du bout des doigts, puis se dirigea vers la porte de la rue pour voir si le facteur était passé. La boîte contenait trois lettres : une des Comptes chèques postaux, une de la Compagnie des Eaux, une du secrétariat d'État à l'aménagement du territoire. Hugo tourna et retourna cette dernière missive entre ses doigts sans se résoudre à l'ouvrir. L'expropriation. Il eut une pensée pour ses chiens, qui s'ébattaient à quelques pas de là. Une brusque saute de vent fit gémir autour de lui les structures fragiles de la vieille maison, et il sentit en lui vaciller toute sa misère et tout son bonheur. Il avala sa salive et entreprit de décacheter l'enveloppe.

VI

QUENTIN quittait l'atelier si exténué, au début, qu'il ne trouvait plus en arrivant à Paris que la force de manger dans un self-service avant de se coucher. Sa fatigue, qu'il revêtait avec ses habits après des nuits trop courtes, le décourageait la plupart du temps d'utiliser le lavabo de sa chambre d'hôtel. Un mélange de crasse et de poussière incrustait les pores de sa peau et soulignait l'ingratitude de ses traits. Il ne s'était pas rasé depuis des jours, ses cheveux pendaient en boucles sales sur ses joues et ses ongles s'ourlaient de cambouis. Un vigoureux décrassage s'imposait, qui occupa sa première matinée de repos et repoussa après le déjeuner l'instant d'une révélation pénible : il avait attendu le week-end avec impatience, sans prévoir que l'état de sa bourse le réduirait au désœuvrement et à l'ennui.

L'hôtel, la nourriture, le train coûtaient cher. Les quelque cent cinquante francs qu'il lui restait de la libéralité de Gérand suffiraient à ses dépenses jusqu'à lundi — encore devrait-il pour cela s'abstenir de toute fantaisie. Une place de cinéma eût grevé lourdement son budget. Un livre — un livre de poche — eût été dans ses prix, mais lire ne le tentait guère. Une sorte d'indifférence, en lui, l'emportait peu à peu sur tout le reste. Il n'obéissait plus qu'aux sommations les plus pressantes de la nature : manger, dormir. Son instinct sexuel, qui ne s'était jamais montré très exigeant, se manifestait de loin en loin, ainsi qu'une vieille blessure, par des élancements passagers.

Il avait été engagé le mercredi matin. Il n'avait touché sa salopette et ses souliers renforcés que le vendredi, et ce laps de temps avait achevé de ruiner ses vêtements et ses chaussures. Toute acquisition lui demeurait interdite dans l'immédiat, mais, puisque aussi bien il ne pourrait se soustraire longtemps à la nécessité de renouveler ses habits, il prit le chemin du marché aux puces, où il comptait s'enquérir de la somme nécessaire.

Un vent gris soufflait sur le boulevard à l'instant où il déboucha du métro. Il se dirigea vers le périphérique, au-delà duquel s'étend le marché. S'il lui était arrivé autrefois de s'émouvoir du pittoresque et de la poésie des puces, elles lui apparurent en cette occasion sous un jour moins souriant. Sans doute son humeur maussade, en cet après-midi couleur de plomb, assombrissait-elle à l'excès sa perception des êtres et des choses... En bordure du trottoir, non loin des travées où trônaient les vrais commerçants possédant éventaire et camionnette, miséreux et pauvresses proposaient à même le sol des débris d'objets dont il était impossible que quiconque pût à aucun prix se porter acquéreur. Les hommes, certains encore jeunes mais déjà marqués par la maladie et l'abus de l'alcool, se chamaillaient entre deux gorgées de vin. Le litre à étoiles, raison de toute dispute et visée de toute protestation d'amitié, passait de main en main, de bouche en bouche. Les femmes, quand il leur parvenait, en essuyaient le goulot d'un geste coquet de la paume. Elles étaient moins nombreuses, et pour la plupart plus âgées. Bien sûr, elles n'échouaient ici qu'en fin de course, quand leur propre valeur marchande approchait de zéro. Alors, pour un litre, pour un paquet de cigarettes, elles trouvaient encore preneur parmi les déshérités.

Dans cette partie du marché, le commerce ne servait que de prétexte au rassemblement des épaves ; les êtres humains et les objets témoignaient de la même lassitude, de la même usure. Simulacre ! Cronos, le dévorant, grimaçait là sous le masque d'Hermès. La marchandise véritable, antiquaires et libraires l'avaient raflée bien avant l'aube, au déballage des poussettes. Les quelques billets qui payaient les litres, le tabac, les cornets de frites, avaient changé de mains à la lueur des torches électriques. Les rapaces envolés, la cloche ne vendrait plus grand-chose jusqu'au soir. *Vendre. Gagner.* Elle s'en fichait au fond. Non, on n'était bien que là, voilà la vérité, au coude à coude entre fantômes, derrière ces étalages de signes voués à l'insignifiance et au néant : clefs sans serrure arrachées un instant à leur destin de rouille, ampoules brûlées, jeux de cartes dépareillés, écrins vides.

Si peu le séparait de ces gens-là, pensa Quentin ! Une récidive ou une rechute ; une oscillation du ressort, un seul cran de la roue. Il aurait sans doute suffi, l'autre soir, qu'il eût rencontré l'un d'entre eux au lieu de Gérand pour qu'il fît aujourd'hui partie de leur bande. Il fut tenté de sauter le pas et de les rejoindre. Il n'aurait eu qu'à enjamber leur camelote, comme un étroit ruisseau, pour entrer dans leur monde. Il possédait cent cinquante francs. De son côté du trottoir c'était la pauvreté ; du leur, une fortune. De quoi payer à boire à tout le monde. Il aurait eu d'un coup vingt amis. Ensuite ? Oh ! ensuite, il les aurait suivis. Il les aurait imités, il aurait fait les poubelles. Ne survivaient-ils pas ainsi que des moineaux, par tous les temps ? Il se souvint que sans toit, sans argent, il avait failli mourir en trois jours. Il haussa les épaules. La peur qui l'habitait ne le quitterait pas si aisément. Il faut naître petit oiseau ; cela ne s'apprend pas. Il lança un regard d'envie à un clochard d'une trentaine d'années. Adossé à un container de la voirie, les yeux mi-clos, le visage levé vers le ciel, vers le soleil absent, l'homme souriait. A ses pieds, sur une page déchirée d'un vieux *Mickey,* trois dents de peigne, un lacet de soulier orange, une bougie de moteur usagée. La bouteille dépassait de la poche de sa veste élimée. Il mourrait peut-être cette nuit de delirium tremens. Il verrait des rats, des araignées, des scolopendres grouiller sur sa paillasse et sur ses jambes, il vomirait dans une ultime convulsion la bouchée pourrie de sa vie. Mais pour le moment il souriait comme saint François révélant l'amour divin aux bêtes de la forêt.

Quentin poursuivit son chemin du même côté du trottoir. Plus loin, les veuves rabougries vendaient le rasoir, les bretelles, les pipes du défunt. Plus loin, des adolescents pressés de vieillir vendaient les jouets de leur enfance, leur abécédaire, leur collection de timbres, leurs petits albums tout gribouillés dont la nostalgie leur broierait bientôt le cœur. Saisi d'une hâte soudaine, et dédaignant les allées des brocanteurs prospères, Quentin gagna la zone où se tenaient les forains. Ouvriers, employés modestes, beaucoup d'immigrés, une foule besogneuse toujours en retard de quelques années sur le standard de vie de la nation se fournissait ici, où tout était un peu moins beau, un peu moins cher qu'ailleurs. On venait en famille, par le métro, le père, la mère et les enfants piailleurs, doigts poisseux, nez poudré du sucre des gaufres. La femme, enceinte déjà du prochain, tournait et retournait des courtepointes, des couvertures chauffantes, auscultait des cotonnades et des toiles cirées. Le père, un air de pauvreté honnête, houspillait les traînards mais s'attardait lui-même devant le stand de l'armurier. Rêvait-il d'un fusil pour aller à la chasse, ou bien pour massacrer un beau matin tout ce monde qui lui pendait aux basques ?

Quentin, vite excédé du piétinement auquel l'affluence le contraignait, renonça à se renseigner aussi précisément qu'il l'eût voulu. Au demeurant, il en savait assez : il fallait compter cent francs pour un pantalon, cent cinquante pour un blouson ou un caban, autant pour une paire de bottines. Engagé le onze, il ne percevrait pas ce mois-ci l'intégralité de son salaire. Trois cent cinquante francs. Quelques chemises, un peu de linge de corps, cinq cents francs ! S'il continuait à loger à l'hôtel et à manger le soir au restaurant ou au « self », il ne pouvait espérer économiser cette somme avant deux mois, trois mois peut-être.

Il sortit du marché et, sans y penser, s'éloigna du côté de la banlieue. Il n'avait aucun sens de l'orientation. Il s'égara bientôt, et n'eut plus la moindre idée de l'endroit où il se trouvait par rapport au périphérique. Il ne s'en soucia guère. Il était encore tôt. Rien ne le pressait, personne ne l'attendait nulle part. Il marcha au hasard le long des rues désertes, réfléchissant au gâchis de sa vie. Lundi, mardi au plus tard, il n'aurait plus un sou vaillant. Logement, nourriture, transport, ces créanciers intraitables ne lui laisseraient pas un instant de répit. Il se reprocha de n'avoir pas mieux ménagé la monnaie de Gérand. Son hôtel pouilleux ne l'était pas encore assez, la ragougnasse des « fast food », coûtait encore trop cher pour lui. Il se fit la réflexion qu'il était né pauvre *et* incapable d'assurer sa subsistance. Un mélange d'incrédulité et d'indignation l'envahit à cette pensée, comme au spectacle d'un homme abandonnant son chien, ou d'un grand garçon battant un tout petit. Il serra les poings dans ses poches. Tout se passait comme si l'univers avait été géré en dépit du bon sens par un démiurge rond-de-cuir accumulant bêtises sur absurdités, scandales sur atrocités. Le cas particulier de Quentin ne constituait qu'un exemple bénin de cette gabegie ; le Dieu Fou donnait ailleurs toute sa mesure : secousses sismiques, bombardements, tortures, famines, exterminations...

Au détour d'une rue, une saute de vent glacé frappa Quentin de plein fouet. Il s'arrêta, se détourna, releva sur ses joues le revers de son col. Quand, des larmes au coin des yeux, il se remit en route, sa révolte s'était apaisée. Non, qu'allait-il chercher ! « Comme on fait son lit... », et « Qui sème le vent... » S'il n'avait à ce point manqué de courage, s'il avait fait son choix dix ans plus tôt d'une carrière, s'il s'y était tenu, il aurait aujourd'hui, comme tout le monde ou presque, un vrai métier, un appartement, une auto, une femme, des enfants, un chéquier... Ah ! un chéquier ! Le temps était révolu où le souci d'une position sociale et le goût de l'argent lui semblaient témoigner d'une bassesse naturelle. Oh ! soupira-t-il, être riche, et répondre d'un chéquier, d'une liasse, à toutes les questions qui vous laissent sans voix ! Être riche, et bâtir autour de soi des murailles infranchissables ! Et il partit, comme il lui arrivait souvent, à échafauder des projets infantiles. Il se voyait, à coups d'audace, gagner des millions en huit jours. Il ne s'étendait guère sur les moyens de cette réussite. Il aimait par-dessus tout, au cours de ces rêvasseries, l'instant où il se retirait fortune faite. Alors, il achetait sur une île une haute demeure aux murs épais, percés de couloirs et de niches secrètes où, lui-même pétrifié, il allait s'asseoir dans la pénombre, aux heures d'angoisse, sur un banc de pierre. Voilà à quoi lui eussent servi ses richesses ! Le bonheur convenu qu'il convoitait un instant auparavant, l'aisance bourgeoise, la femme, les enfants, le clair foyer, l'auto, les beaux voyages, tout s'effaçait, s'effilochait, et, ce mirage dissipé, la thébaïde, l'hermitage, se dressait au-dessus des flots, ainsi qu'une prison sur la falaise inaccessible. Grandirait-il jamais ? Cet amour des ténèbres et de l'enfouissement, ces fantasmes de taupe, il s'y complaisait déjà tout enfant. La guerre, l'occupation n'étaient pas si lointaines, ni le pays des ogres et des loups-garous. Ses terreurs natives avaient trouvé dans les horreurs de cette époque prétexte et folklore. Quand les avions et les trains grondaient à l'est dans le soir, il s'ensevelissait au fond de son lit comme en un ventre de chaleur, d'ombre, de sécurité, jusqu'à perdre parfois le souffle.

Comme il aurait pu le prévoir s'il avait prêté attention aux reflets d'un rose très pâle dont le ciel se teintait depuis quelques heures, une bourrasque de neige s'abattit soudain sur la banlieue. Il en était tombé déjà des floconnets la veille, mais ceux-ci, flocons denses fondant des cieux en bataillons serrés, recouvrirent les rues en peu de temps. Durant une heure, peut-être, Quentin erra sans rien distinguer au-delà d'un mètre. Son âme s'emplit d'une paix oubliée. Où se sent-on plus hors d'atteinte qu'à l'intérieur d'une tempête de neige, dans ce cocon mouvant, entre ces draps que nulle main ne saurait écarter ?

Comme il s'étonnait de l'irrégularité du sol sous ses pas, il cessa tout à coup de neiger. Il s'aperçut alors que, prenant pour l'entrée d'une rue la large brèche qui s'ouvrait au flanc d'une palissade, il avait pénétré par mégarde sur un chantier. Les travaux, semblait-il, n'avaient pas encore dépassé le stade du déblaiement, et les démolisseurs avaient épargné, au centre du terrain, une grande maison bourgeoise de la fin du siècle dernier.

Quelques flocons voltigeaient. Quentin s'ébroua, chassant de ses épaules les épaulettes poudreuses dont la tourmente l'avait décoré. Il était cinq heures, et déjà la nuit s'annonçait, mais la luminosité de la neige compensait l'assombrissement du ciel. Au front du bâtiment, sous le ressaut du toit, s'ouvrait un œil-de-bœuf de dimensions inusitées. Quentin, comme fasciné par cet œil cyclopéen, s'avança sur l'aire chaotique.

VII

TÊTE-LOURDE s'épuisait, à veiller si souvent et si tard. Sa capacité de travail déclinait, son coup d'œil d'inquisiteur des fortunes perdait de son acuité. Seul son grade lui épargnait les remontrances qu'un subalterne se fût attirées. Sa secrétaire s'efforçait de lui signaler à temps ses bévues. Mortifié, il effectuait la correction. A quoi pensait-il donc aujourd'hui ? Sa consommation de café augmenta encore. Il était pris de nausées dès qu'il posait le pied par terre. Des migraines le torturaient continuellement, et son cœur s'emballait tout à coup, sans raison apparente. Sa tension artérielle montait, ses nerfs se détraquaient peu à peu.

Il découvrit le cinéma. Comment n'y avait-il pas pensé plus tôt ? Il existe un endroit merveilleux, où un sortilège vous délivre dans l'instant de vous-même. Il suffit d'acheter un billet et de s'asseoir dans l'ombre. Ensuite, tout va comme si l'on dormait, mais on a choisi son rêve à l'avance. Il vit un film chaque soir, et parfois deux. Il se souciait peu de qualité artistique ; il aimait la couleur, le bruit, l'aventure, les sentiments simplets, la violence, les costumes, les héroïnes à couper le souffle, et surtout, surtout ! les paysages. Il sortait mécontent des salles d'art et d'essai et des cinémathèques où il lui arrivait de se fourvoyer ; il fallait lui en mettre plein la vue pour lui plaire.

Il se couchait toujours aussi tard, mais c'en était fini de ses soirées d'atroce ennui. En outre il lui semblait qu'il dormait mieux. Ses cauchemars diminuaient en fréquence et en intensité. Il n'était pas rare qu'il rêvât du film qu'il venait de voir ; il attaquait des trains blindés, il affrontait des hordes hurlantes de karatékas, il dérobait les plans du rayon de la mort... C'était autant de gagné sur le bran. Le flot excrémentiel jailli de son subconscient, comme freiné par les matériaux, images, répliques, situations, accumulés quelques heures auparavant, ne l'atteignait qu'en fin de nuit, d'un élan amoindri et non plus de plein fouet.

Certaines salles donnent à minuit une séance supplémentaire qui s'achève après la fermeture du métro. Une nuit qu'il regagnait à pied son domicile, trois voyous se jetèrent sur lui au tournant d'une rue déserte. Ils le rossèrent, le dépouillèrent de son portefeuille, et lui eussent volé sa bague s'ils l'avaient pu. Par chance, l'anneau lui serrait à présent si étroitement le doigt qu'il avait lui-même renoncé à l'ôter pour dormir ou se laver les mains. Effrayés par ses cris, découragés par la résistance que la bague opposait à leurs efforts, ses agresseurs l'abandonnèrent sur un ultime coup de pied dans le ventre.

Dans la salle des urgences d'un hôpital voisin où il s'était rendu, saignant et boitillant, par ses propres moyens, on lui posa trois points de suture et on badigeonna ses plaies.

On lui avait prescrit un arrêt de travail. Ce furent huit jours de chicorée-café et de lectures maussades, durant lesquels il examina sous tous ses aspects cet incident révélateur de l'insécurité de Paris la nuit. Il n'était pas question pour lui de se priver de cinéma. Il aurait certes pu acheter un poste de télévision, mais il doutait avec raison que le petit écran fût à même de lui procurer l'évasion qu'il recherchait dans les salles obscures. D'autre part, le guet-apens dont il avait été victime l'avait bouleversé. Il revécut la scène à dix reprises, la modifiant chaque fois à son avantage. D'abord, il expédiait ce détestable rouquin d'une manchette. Ensuite, le petit au blouson de cuir : un uppercut, comme dans les livres de Paul Kenny. Quant au troisième, il lui cassait le nez d'un coup de tête. *Tête-lourde ? Non, messieurs les bandits, Tête-dure !* Cette férocité tardive n'arrangeait rien. Il avait peur désormais. Il se rappelait à nouveau la scène telle qu'elle s'était réellement déroulée, et il pleurait de rage au souvenir de son impuissance. Ils l'avaient frappé, insulté, ils avaient déchiré son costume, ils avaient failli lui voler sa bague. Sa bague ! Et cela pouvait se reproduire demain, après-demain, n'importe quand. Il lui aurait fallu une arme, ou... non, pas une arme, cette folie-là n'était pas la sienne. Un bouclier, une cuirasse, qu'il se sentît du moins à l'abri, puisqu'il se savait incapable de se battre ailleurs qu'à la guerre et sur ordre.

Le cinéma, son bon génie décidément, lui souffla la solution. Il adorait les poursuites en voiture. Il trépignait comme un enfant, il se mordait les lèvres et les poings au spectacle de ces cascades. Quelle meilleure cuirasse qu'une auto ? Un de ses collègues avait manifesté devant lui son intention de vendre la sienne afin de se procurer le modèle du salon. Le matin de son retour au ministère, Tête-lourde s'enquit auprès de lui du résultat de ses annonces. La voiture n'étant pas encore vendue, il conclut aussitôt l'affaire. Il avait passé son permis de conduire « à l'armée ». Il avait bien entendu tout oublié depuis ce temps, mais le vendeur accepta de lui donner quelques leçons de rattrapage. Deux jours plus tard, Tête-lourde entra en possession du véhicule. Sa nouvelle liberté l'enchanta. Il lui semblait avoir acheté un tapis volant. Tapis volant, mène-moi au Rialto-Palace, où l'on joue *L'Espionne mauve !* Ce n'était évidemment pas si simple ; l'heureux propriétaire conduisait très mal, s'affolait dans les embouteillages et s'égarait sans cesse. Il lui fallut repérer des itinéraires, les endroits où, avec un peu de chance, il trouverait à se garer, et le parking payant le plus proche des salles qu'il fréquentait dans les quartiers qu'il estimait peu sûrs.

A raison d'une dizaine de films par semaine, vint le moment où il eut vu la quasi-totalité du répertoire vers lequel ses goûts le portaient. Il guetta les nouveautés et les reprises, il s'aventura hors de Paris, s'enfonça toujours plus loin dans la banlieue. Quand à la nuit tombée il quittait la capitale, il branchait le chauffage. Toutes vitres fermées, la température s'élevait bientôt dans l'habitacle. Il se grisait de chaleur et de sécurité, alors qu'autour de son œuf magique régnaient le froid et l'ombre. Parfois, comme il roulait, d'étranges pensées le visitaient. Il *patrouillait,* tel un héros de cinéma aux yeux battus, au teint blême. Une conscience arpentait la nuit, dressée malgré sa lassitude contre le mal et la désespérance. Il tirait sur sa cigarette d'un air infiniment patient d'homme solide. Sa chevalière accrochait les lueurs des instruments de bord, le compteur de vitesse, le compte-tours, les témoins des jauges. Il aurait aimé, croyait-il à ces moments-là, rencontrer les vauriens qui l'avaient attaqué. Quelle revanche il aurait prise ! Il les aurait pourchassés jusque sur les trottoirs et les aurait écrasés un à un, comme de dégoûtants insectes sur un mur, au fond d'une impasse... En vérité, il accélérait, mais pour s'enfuir, à la vue de la moindre silhouette un peu louche. Il évitait dans la mesure du possible les cités nouvelles, leur jeunesse en blouson chahutant sous les porches à deux pas des motos, ce côté pilote de chasse, le casque à mentonnière en attente sur la selle, que se donnaient les adolescents. En ces parages, même l'été, il remontait la vitre ainsi qu'un sabord de char. Quand le labyrinthe rassurant d'une zone pavillonnaire succédait aux enfilades d'immeubles et de tours, il se détendait. Il ralentissait, il roulait presque au pas, comme pour passer en revue les villas, pachydermes endormis sur leur litière de gazon.

Il s'arrêtait, souvent, il descendait de sa voiture, il ne prenait pas la peine de boucler l'antivol, il laissait la portière ouverte, il avait confiance ! Dans cette ombre amie, le long des murs et des haies, sous les glycines, dans l'odeur ancienne des marronniers et des platanes, sa tête s'allégeait enfin. Il s'approchait d'un muret rehaussé de grilles, et, le front entre ses poings serrés sur les barreaux en un geste d'enfant ou de prisonnier, il admirait la façade pourtant bien humble d'une « Sam Suffit » ou d'une « A mon plaisir », pierre meulière et crépi propret, la véranda modeste, le lierre frissonnant sous le vent. Il devinait la trappe à charbon sur le côté, l'allée de cailloutis menant au potager, le carré de pelouse sous le bigarreautier, le faux puits de pneus badigeonnés de chaux, les lutins et les lapins de faïence, tous ces bibelots de plein air tellement « ploucs » selon ses collègues, oui, ploucs, mauvais goût, à vomir, il se souvenait des termes qu'ils avaient employés à ce sujet au cours d'une conversation de couloir. A vomir, ces lutins, ces chatons guettant une hirondelle, ces brouettes fleuries dont il avait, lui, le cœur ensorcelé ? Il chassait les moqueries de son esprit. A la belle saison, il restait là des heures, s'emplissant les poumons d'exhalaisons fruitées, senteurs de groseilliers, de fraisiers des bois, de noisetiers, de cerisiers de Montmorency. Aucun film ne lui avait jamais procuré cet émoi, cette hallucination vraie d'un retour à lui-même. Les larmes aux yeux, il finissait par s'arracher à son vertige.

Bientôt sa passion du cinéma ne servit plus que de prétexte à ses vagabondages. Une année s'écoula. Sa quête devint plus précise. Il ne s'émerveillait plus devant n'importe quelle bâtisse. Une forme se levait irrésistiblement dans sa mémoire. Une allure, un gabarit, des proportions modelaient avec une netteté croissante un archétype auquel, nuit après nuit, il comparait chaque maison de chaque rue.

Après une séance de cinéma, une nuit de décembre, il trouva la banlieue couverte de neige fraîche. Il roula au hasard comme à son habitude. De rares autos éraflaient les boulevards de traces qu'on eût encore pu dénombrer. Il s'engagea dans une voie privée dont la chaussée et les trottoirs eux-mêmes étaient vierges d'empreintes. Depuis la chute du premier flocon, songea-t-il, personne n'était entré, personne n'était sorti d'aucune des maisons qui bordaient cette rue. Il recula et se gara au carrefour. Il craignait de commettre une sorte de sacrilège en écrasant cette neige-là sous ses pneus. Trop lâches et bientôt gorgés d'humidité, les mocassins dont, ce jour-là, il s'était étourdiment chaussé gênaient sa marche. Alors, sur un coup de tête, il les ôta et continua en chaussettes. De temps en temps, il se retournait et contemplait, à la lumière des réverbères, les traces de ses pas sur la neige.

Lui seul ! Dans son exaltation, et malgré la morsure du froid, il prenait possession de la rue comme d'une terre perdue et reconquise. Il se baissa pour ramasser une poignée de neige dont il se frotta le visage. Quand il rouvrit ses paupières en feu, il aperçut la maison. Celle-ci se superposa à l'image gravée en lui. Bien sûr, même au prix de retouches indulgentes, elles ne coïncidaient que très imparfaitement. L'*autre* était d'abord plus ventrue. Ensuite elles différaient, ici et là, par des traits qui ébréchaient sa joie à mesure qu'il les recensait : une fenêtre beaucoup trop large, l'accès au perron mal dessiné, et de nombreux points de détail sur lesquels, se contentant de l'essentiel, un bouleversant *air de famille,* il préféra fermer les yeux.

Il s'approcha encore, et lut avidement le calicot tendu sur la façade. Sous les mots A VENDRE, LIBRE DE SUITE s'inscrivait en caractères plus petits des lettres et des chiffres qu'il ne parvint pas à lire. Il s'agissait sans aucun doute du nom et du numéro de téléphone d'une agence immobilière.

Tête-lourde aurait voulu noter au moins le nom de la rue, mais il n'avait pas de stylo, il risquait de l'oublier, il ignorait dans quelle localité il avait échoué, Champigny, La Varenne, par là... Et s'il perdait du temps, demain ? Si quelqu'un le devançait et lui soufflait l'affaire ? Il serra les poings. L'« affaire » ! Ce mot, appliqué à l'achat de cette maison, achat auquel il était déjà résolu, sonnait à ses oreilles comme une obscénité. Eh bien non, il ne laisserait personne lui « souffler l'affaire » ; il ne bougerait pas d'ici, il attendrait le jour dans sa voiture.

Le lendemain, des enfants sur le chemin de l'école virent un spectre frissonnant s'extirper, ainsi que d'un sépulcre de marbre, d'une auto entièrement recouverte de neige. Tête-lourde n'eut que le temps, au café-tabac du carrefour, de commander un chocolat chaud avant de s'évanouir.

Quand il quitta l'hôpital, à peu près remis d'un début de pneumonie, le calicot ne barrait plus la façade du pavillon : celui-ci avait été vendu. Tête-lourde, s'en détournant après un dernier long regard, regagna sa voiture, semblable sous sa gangue de neige rassise, raclée par les gamins du quartier au cours de leurs batailles, à un pelage d'hermine ruiné de gale.

Il tira le starter et tourna la clef de contact sans trop d'espoir après une semaine de gel rigoureux. Le démarreur toussa une fois, deux fois en vain. A la troisième tentative, cependant, le moteur s'arracha de sa torpeur glacée. Tête-lourde caressa avec reconnaissance le volant orné d'un manchon de fausse fourrure. Il laissa la mécanique chauffer quelques minutes au ralenti, puis reprit la route de Paris sous un ciel bas et terne.

VIII

L'ARRÊT d'expropriation consterna Hugo sans le surprendre. Cela devait finir ainsi. Parce qu'il avait longtemps sous-estimé la menace, il n'avait rallié que fort tard le « Comité de défense du quartier » : au moment où déjà les avocats les plus honnêtes ne laissaient plus rien espérer. Tel le Rhett Butler d'*Autant en emporte le vent,* un de ses livres de chevet, montant en ligne en bottes vernies aux derniers jours de la défense d'Atlanta, il avait attendu la débâcle pour se jeter dans la bataille. Le Comité ne s'appelait même plus « Comité », mais « Collectif », et ce trait dit à lui seul à quel degré de pagaille et d'inefficacité on en était arrivé. Les réalistes avaient déjà renoncé. Ils traitaient les uns après les autres et ne se souciaient désormais que d'obtenir les meilleures indemnisations possible. La résistance au projet d'autoroute ne mobilisait plus guère que trois obstinés et deux chimériques. Quelques gauchistes soufflaient avec plus ou moins de bonheur sur les dernières braises. De loin en loin, ils promenaient encore banderoles et calicots ; ils se payaient de mots : « Luttons pied à pied, infligeons un camouflet à l'arbitraire bureaucratique ! » Ceux qui comptaient, et d'abord les élus locaux, majorité et opposition confondues, les uns à pleine voix, les autres à mots couverts, avaient donné leur aval au tracé. On dérangea deux ou trois fois les C.R.S., puis on se contenta de gardiens de la paix ; l'affaire était dans le sac.

Hugo, tard venu, se transforma au fil des mois en guérillero juridique. Non qu'il s'y entendît lui-même ; il prenait ses conseils auprès d'un adonné de sa bibliothèque. Docteur en droit et avocat d'affaires, celui-ci, à chaque nouveau rebondissement, lui griffonnait la marche à suivre au dos de fiches périmées. Il n'avait jamais accepté un sou.

« Non, mon vieux, ce serait du vol, puisque je suis certain que vous finirez par perdre ! Mais d'ici là on peut leur mener la vie dure. Allez, montrez-moi leur dernière lettre, je pense à un truc... »

Hugo avait perdu. La lettre d'aujourd'hui le lui signifiait clairement, tous les recours avaient échoué. Encore son obstination n'avait-elle pas été tout à fait inutile, puisque cette défaite n'allait pas sans un dédommagement substantiel. On le jetait à la rue, mais on l'y jetait riche. De ces deux nouvelles, la première seule atteignait sa conscience. Cet argent, les quelques dizaines de millions anciens qu'on lui verserait pour s'excuser de le chasser de son territoire, n'existait pas, ou à peine, à ses yeux. Il leur avait dès le début préféré ses vieux murs, son toit percé en dix endroits, ses planchers gondolés, son jardin en friche. Il les avait toujours connus, il les avait toujours aimés, un lien de chair le rattachait à eux, comme à des organes excentriques et cependant vitaux. La vilaine grille rouillée qui clôturait le terrain délimitait son être ainsi qu'une seconde peau. Du puits de l'est à la rocaille de l'ouest, du mur nord auquel s'appuyait le poulailler désaffecté à la façade sud où les chow-chows entraient dans de terribles rages quand les enfants du quartier, au retour de l'école, faisaient sonner leurs clefs sur les barreaux de la grille, c'était à lui, c'était lui-même. Autour, s'étendaient des contrées hostiles : villes et campagnes, monts et plaines, tout l'univers antipathique, le vague espace qui ne portait pas son nom. Il n'était supportable de vivre qu'ici, dans ce cocon d'épais fourrés, d'herbes hautes, d'arbres malades. Dans la coquille de ces murs décrépis, conscience-bigorneau, âme-pagure repliée sur elle-même, sourde, emmurée, à demi morte, presque heureuse !

Ses grands-parents, qui l'avaient élevé, lui avaient légué la maison en mourant. Il n'avait pas connu sa mère, et son père, homme de lointains, homme d'océans, ne s'était guère soucié de lui. Il avait grandi seul entre deux vieillards, et calqué sur la leur sa conduite. Il avait adopté leur rythme : il avait tôt cessé de gambader. N'ayant point reçu de leçons de violence ni d'âpreté, il avait assez mal appris à vivre. Son père, qu'il rencontrait chaque été en Bretagne, eût certes été bon professeur en ces matières féroces. Trois ans de schlague sous la fumée noire des crématoires, à l'âge des dissertations en trois points et des surboums, ce diplôme-là en vaut d'autres. Mais le père de Hugo avait négligé de rien transmettre à son fils de son savoir et de ses réflexions. Professeur d'absence, de silence. *Il n'y a pas de barbelés sur la mer,* et *Jette au vent ta semence...* Ainsi Hugo aurait-il pu résumer son implicite enseignement.

Hugo n'était pas vierge. Le personnel de la bibliothèque se partageait à ce propos en deux clans, les uns assurant qu'il l'était encore tandis que les autres en doutaient. Oh ! il s'en était fallu de peu, d'un cheveu blond de Thérèse, qu'il ne fût demeuré puceau ! Peut-être même l'était-il pour ainsi dire redevenu, en dix ans.

Leurs domiciles n'étaient pas distants de cent mètres, et ils avaient fréquenté les mêmes établissements scolaires depuis la maternelle jusqu'au lycée. Leurs brèves étreintes avaient eu quelque chose d'incestueux, bien qu'ils ne se fussent pas parlé plus de dix fois au cours de toutes ces années. Enfants, en allant à l'école, ils se lançaient d'un trottoir l'autre de graves regards. Elle avait porté longtemps un petit manteau rouge à capuchon. Hugo, à la sortie des classes, cherchait des yeux cette tache rouge dans la grisaille de la rue. Ils rentraient séparément, par le même chemin. Il n'aimait pas marcher devant elle. Il lui semblait qu'il allait s'emmêler les pieds — il avait toujours au moins un lacet de chaussure dénoué — et s'étaler de tout son long. Et puis, s'il n'avait guère d'amis, elle n'en manquait pas. Parmi ses petites camarades, c'était à qui la raccompagnerait chez elle. Hugo sentait une grosse boule durcir dans sa gorge à la seule idée de tomber devant les filles. Alors il préférait la suivre. Les gamines caquetaient devant lui, le manteau rouge au centre. Même ainsi, il tenait ses distances et ne s'approchait pas à moins de vingt mètres. Voilà comme il aimait les retours à la maison : la fille au manteau rouge devant et lui derrière, à l'abri de son pétrifiant regard, libre de se curer le nez et de manger salement son chou à la crème.

Ils avaient grandi ainsi, sans rien se dire mais s'épiant innocemment, promis l'un à l'autre par l'insistance du hasard. L'heure avait sonné comme ils entraient tous deux en terminale. Ils devaient aller voir un film un certain jeudi en compagnie d'autres élèves, mais ils s'étaient trompés de salle ou de jour et s'étaient retrouvés seul à seul. Ils avaient décidé (elle avait décidé) qu'ils n'iraient pas au cinéma. Ils avaient marché le long des quais, ils avaient acheté des livres et des posters, ils avaient parlé, surtout.

Ils devinrent amants le jeudi suivant, chez lui, en l'absence de ses grands-parents, et ils le furent encore trois jeudis de suite. La première fois, bien entendu, les choses ne se déroulèrent pas exactement comme il l'aurait souhaité : il s'y prit à peu près « comme pour tuer sa mère ». Il eût suffi d'un rien, d'un signe d'impatience ou d'un sourire en coin, pour qu'il fondît en larmes et qu'il perdît la face. La grâce de Thérèse, sa tendresse et son indulgence lui épargnèrent le pire. Elle était fée. Elle sut l'apaiser, le réconforter. Un peu plus tard dans la journée l'aiguillette se dénoua.

Le dernier jeudi, elle lui annonça qu'il ne la verrait plus. Ses parents avaient acheté une propriété sur la Côte d'Azur. Elle passerait son bac au lycée de Nice. Il fait beau presque toute l'année, là-bas ; elle comptait se baigner souvent. Depuis quand le savait-elle ? Depuis la rentrée, c'est-à-dire un mois et demi. Elle avait bien réfléchi, elle avait lancé elle-même l'idée d'une sortie en bande, puis le matin du fameux jour, elle avait téléphoné aux autres pour annuler le rendez-vous.

« Si j'avais attendu que tu me fasses la cour... »

Ainsi, Hugo n'avait pas accompli un geste que Thérèse ne lui eût dicté à son insu. De bout en bout elle l'avait animé ainsi qu'un pantin. A présent qu'elle le lui avouait, il s'effondrait comme si, d'un coup de ciseaux, elle avait coupé tous ses fils.

« Mais pourquoi ? Pourquoi ?

— Je te l'ai dit, je savais que j'allais partir bientôt. Et je ne voulais pas qu'on regrette plus tard, toi et moi, toi ou moi.

— Mais alors, tu m'aimes ?

— Non, non, enfin je ne sais pas... Ce n'est pas la question. Je ne voulais pas qu'on regrette plus tard, voilà tout. »

Même pendant la durée de son service militaire, d'ailleurs considérablement écourté par une grave dépression nerveuse, Hugo n'avait pas connu d'autre femme. La chair ne le tourmentait pas moins qu'un autre, mais son aventure avec Thérèse l'avait marqué. L'élan qui le poussait vers certaines jeunes filles se heurtait au souvenir de son humiliation. Pourtant, il devait à sa liaison avec elle les instants les plus heureux de son existence. Les femmes étaient comme la langue d'Esope la meilleure et la pire des choses au monde. Thérèse qui lui avait tout donné lui avait aussi tout repris. Elle l'avait possédé et dépossédé, elle l'avait dévêtu, elle l'avait dépouillé, elle l'avait laissé nu à tout jamais. Il passa des années, après son départ, à réfléchir à tout cela. Ils n'avaient le même âge que sur les registres de l'état civil. Dans le couple qu'ils avaient si fugitivement formé, Thérèse seule était adulte, capable de prendre son parti de la réalité. Avec lui, contre lui, elle avait joué une partie trop inégale : comme un joueur de rugby qui chahuterait avec un nourrisson ; le nourrisson était tombé, et en était resté infirme.

Il commença d'écrire des poèmes et des contes. Il ne les montrait à personne et les signait d'un pseudonyme. Écrire ne constituait pas pour lui une activité dont on se glorifie ; il y avait là-dedans quelque chose de vaguement illicite, et peut-être de sale. Il eût certes aimé publier ses œuvres, mais il eût détesté de le faire sous son nom. Il signa d'abord Hugo, puis Arno, puis Iago de Saint-Aubigny, par une réminiscence longtemps inconsciente d'Horace de Saint-Aubin. Dans tous les cas, il s'avéra qu'aucun éditeur ne se souciait d'accepter ses manuscrits. A la mort de ses grands-parents, qui se suivirent dans la tombe à quelques semaines d'intervalle, il hérita, outre la maison, d'économies modestes qu'il engloutit dans l'impression à compte d'auteur d'un recueil de contes. Il en envoya quelques dizaines aux journaux et à des écrivains qu'il admirait. Il reçut une lettre de remerciements du plus obscur de ces derniers, et ce fut tout. Un jour, payant d'audace, il pénétra dans une librairie et proposa son livre. Une libraire à chignon lui en prit un exemplaire en dépôt. Il revint de mois en mois aux nouvelles, et retrouva chaque fois son livre invendu, un peu plus poussiéreux et jauni. Comme la libraire lui conseillait de le récupérer, il la pria d'attendre un mois encore. Il quitta la boutique et n'y retourna plus jamais.

A quelque temps de là il apporta un exemplaire des *Contes* à la bibliothèque. Il l'inscrivit lui-même au registre d'inventaire sous l'imputation d'un donateur de fantaisie. Il en établit les fiches avec un soin particulier, et veilla à ce qu'il passât en priorité par toutes les étapes du « circuit du livre » dont on lui avait appris à l'E.N.S.B. l'enchaînement rituel. Certains de ses collègues s'étonnant d'une telle méticulosité à propos d'un si manifeste nanar (le sigle E.D.P. — Éditions du Palud — sentait de loin le compte d'auteur), il prétendit qu'il s'agissait du livre d'un ami. Quand enfin le volume dûment inventorié, tamponné, coté, relié, muni d'une gommette, d'un coin de papier kraft et d'une fiche verte, et recouvert d'une jaquette en plastique, fut mis à la disposition du public, Hugo le plaça d'un air faussement négligent sur la table des nouveautés. Puis il attendit. Plusieurs fois par jour, s'approchant de la table, il cherchait des yeux le petit volume rouge et se désespérait de l'y trouver encore : aucun lecteur n'avait eu le bon goût de l'emprunter. Deux semaines s'écoulèrent ainsi.

« Dis donc, lui lança un sous-bibliothécaire, le bouquin de ton ami, hein, c'est pas la ruée !

— Hum ? Ah ! oui. Non, en effet. Dommage je l'ai lu, ça n'est pas si mal... Attendons encore un peu. »

Quelques jours plus tard, Hugo se résigna à retirer le fruit de ses veilles de la table d'exposition. Il avait entendu une employée pester contre ces « merdes illisibles qu'on s'obstine à laisser en montre alors qu'elles n'intéressent personne ». Il rangea les *Contes* en rayon, à leur cote SAI, entre SAINT-ALBAN (Dominique) et SAINT-EXUPÉRY (Antoine de), et s'enferma dans son bureau. Sur l'heure du déjeuner, profitant du départ du personnel, il ressortit le livre du rayon, le tamponna, glissa la fiche verte dans une pochette jaune de lecteur, plaça celle-ci dans le tiroir des prêts du jour avant d'enfourner le volume lui-même dans la profonde poche de son imperméable. La « merde illisible » avait un lecteur. Elle en eut beaucoup d'autres par la suite, tout aussi imaginaires.

Hugo replia la lettre et la serra dans son portefeuille. Il était temps de partir. Ah ! les chiens. Il ne leur avait pas encore donné leur pâtée. Il les servit dans la cuisine. Une nausée le contraignit à s'interrompre. L'odeur... Il reprit son souffle et finit de s'acquitter de sa tâche avant d'appeler ses diables. Ceux-ci se bousculèrent en franchissant le seuil, bousculèrent leur maître, et se précipitèrent sur la nourriture. Il rit de plaisir. *Allez, allez, mes brutes !* Leur formidable appétit le ravissait ; ils lui coûtaient une fortune en boîtes de conserve et en croquettes. Il s'arracha pourtant du réjouissant spectacle de leur goinfrerie. Il était cadre : il se devait d'arriver à l'heure. Il remonta en hâte au bureau, rafla les *Contes,* deux paquets de cigarettes dans sa réserve, son imperméable sur le dossier d'une chaise. Comme il s'apprêtait à sortir, il ne put s'empêcher de jeter sur la pièce en désordre un lent coup d'œil circulaire. C'était là que, tremblant, il avait embrassé Thérèse avant qu'ils ne gagnent ensemble sa chambre. C'était là qu'il avait écrit ses nouvelles et qu'il avait longtemps contemplé, soupesé, humé le premier exemplaire imprimé. C'était là qu'il avait pleuré, comme un veau, comme un âne, comme un orphelin de vingt-cinq ans, le jour de la mort de sa grand-mère. C'était là qu'il avait installé les chow-chows tout bébés, quatre ans plus tôt. Il les avait posés sur le bureau, grosses boules de poil froissées, plissées, d'une inoubliable drôlerie : ils avaient tout fichu par terre, papiers, stylos, cendrier, et ils avaient pissé sur le revêtement de cuir du plateau. Fini. Il ne se passerait plus rien ici. Dans un mois, disait la lettre, il devait avoir quitté les lieux. Il se détourna et claqua la porte sur les splendeurs de son passé.

IX

DES lézardes, des taches, des bouffissures, des cloques parsemaient le crépi de la façade. La peinture craquelée de l'huisserie laissait voir, ainsi qu'une chair flétrie à l'échancrure d'un corsage, la fibre grise du bois. On ne pouvait dire cependant que la maison tombait en ruine. N'eussent été le nombre des carreaux cassés, l'absence de tout voile aux fenêtres, et surtout une aura d'abandon plus manifeste encore que ces symptômes, on eût encore pu la supposer habitée.

Quentin actionna à travers la brisure d'une vitre l'espagnolette d'une fenêtre dont les volets à demi dégondés pendaient à l'embrasure. Une dague transparente retenue à un croisillon par une croûte de mastic, tomba avec un tintement. Il escalada le rebord et atterrit d'un bond sur le carrelage crissant d'éclats de verre d'une ancienne cuisine. Il ne courait évidemment aucun danger, mais son cœur malgré lui battait plus vite et plus fort, comme au temps lointain des maraudes dans le verger d'un voisin coléreux. La pénombre, l'odeur de renfermé, l'humidité des lieux évoquaient aussi pour lui d'autres jeux du passé : les conciliabules et les poursuites dans les caves de la cité d'H.L.M. d'Éparvay en compagnie de quelques gamines délurées, les parties de cache-cache qui dégénéraient bientôt, les rires étouffés, les frôlements, la promesse toujours déçue, d'autant plus enivrante, de félicités indicibles, et ce vertige qui vous prenait de retour au soleil, la joue mouillée d'un baiser dont on ne savait trop laquelle vous l'avait donné ni même s'il vous était destiné.

Au bas des murs, le long des plinthes, Quentin devinait des moisissures, des efflorescences de salpêtre, premiers prurits qui deviendraient des lèpres, signes avant-coureurs de la putréfaction qui minait ce grand corps, où la mort avait emménagé à l'instant que l'homme s'en retirait.

Quentin entendait des rats détaler à son approche dans les couloirs, dans l'escalier, et ces fuites que multipliait l'écho lui remémoraient les livres d'aventures et les illustrés de son enfance, dans lesquels des fosses grouillantes de rats géants, de serpents, de crocodiles, s'ouvraient à tout bout de champ sous les pas du héros. Il sourit, non sans amertume. Il n'avait plus besoin pour frissonner de temples interdits ni de voyages en Atlantide, de ponts de lianes tendus au-dessus de l'Amazone, de corniches escarpées sinuant sur des canyons peuplés de bêtes d'épouvante. Il côtoyait à chaque seconde l'abîme du temps ; tout lui était précipice, chausse-trape, fosse aux serpents. Peut-être le savait-il mieux que d'autres, simplement parce qu'il avait, comme on dit, « tout raté » ? Les œillères dont s'aveuglent si volontiers les hommes, pulsion sexuelle, goût du pouvoir ou de l'argent, passion d'un métier ou d'une œuvre, et dont il était si cruellement dépourvu, ne lui dissimulaient ni le caractère funambulesque de la condition humaine, ni le gouffre sur lequel, danseurs de corde, nous titubons jusqu'à ce que le vent de la chute, nous sifflant aux oreilles, nous éveille de notre songe ! Nous éveille ? Non pas même, car nous nous rendormons entre la corde et le sol, entre le faux pas et la mort, et d'autres songes nous visitent encore, où nous rêvons qu'un inconnu tombe et se tue sous nos yeux... Quentin, qui avançait à l'aveuglette dans un couloir obscur, sentit sous sa paume le relief d'un chambranle de porte. Il chercha à tâtons la poignée, trouva un bouton de faïence, le fit jouer d'abord en vain. Le bois avait gonflé sous l'effet de l'humidité ambiante, sans doute. D'un coup d'épaule, il parvint à ouvrir la porte. La pièce noyée d'ombre dans laquelle il pénétra alors lui parut de dimensions médiocres. Il alla jusqu'à la fenêtre et entrouvrit les persiennes. Un reste de jour exténué vint éclairer la chambre. Des zones sombres dessinaient avec netteté un mobilier fantôme sur le papier peint dont les cloisons étaient tendues : ici une armoire, là une table de nuit près d'une tête de lit, là sans doute un piano. De l'étroitesse du lit, ainsi que du motif choisi pour le papier peint, une guirlande de fleurs des champs stylisées, il crut pouvoir déduire qu'une fillette avait grandi en ce lieu, assez longtemps peut-être pour qu'on adjoignît à son mobilier une psyché dont la trace sur le mur semblait plus pâle. Se rappelant tout à coup la manière dont on l'avait mesuré lui-même chaque année, sans toise, en cochant d'un trait de crayon la porte contre laquelle on l'avait fait se placer pieds nus, non sans l'avoir exhorté à se tenir pour une fois bien droit, Quentin se mit en quête de marques semblables. En vain, car la grisaille du soir ne permettait plus de discerner de tels détails.

Le temps pressait, s'il voulait poursuivre ses investigations avant que la nuit tombât tout à fait. Cependant, il ne parvint à s'éloigner qu'au prix d'un effort sur lui-même. La découverte de ces murs photosensibles avait provoqué en lui de telles résonances qu'il avait cru un instant, dans l'air couleur de cendre qui baignait ce Pompéi d'une enfance, en percevoir avec une violence presque hallucinatoire les odeurs fossiles : sueurs des jeux et des fièvres, pestilence salubre des potions, bonbons à l'anis ou à la bergamote qui s'évaporent lentement sous un meuble, goûters rendus dont l'aigreur imprègne la peluche des ours et la chevelure des poupées sur un arrière-fond d'eau de Cologne.

A l'exception d'une enclave adossée à la pente du toit en sa portion la plus haute, et qui ressemblait aux cagnas de surveillant des dortoirs d'internat, le grenier couvrait la demeure d'un seul tenant. A chaque extrémité des combles, une tabatière laissait filtrer à travers la poussière et la neige un halo de lumière. Le plancher, pourrissant par places, rendait sous les pas un son spongieux. Quentin eut l'impression de marcher sur une plaie, sur quelque ulcération de l'estomac de léviathan que figurait assez bien la poche de ténèbres où il s'était aventuré.

Une porte s'ouvrait dans le réduit aménagé face au débouché de l'escalier. Quentin entra. Cette mansarde ne devait guère mesurer plus de trois mètres sur trois. L'œil-de-bœuf qu'il avait remarqué de l'extérieur occupait la majeure partie de la surface d'un de ses côtés, et faisait de cette pièce exiguë une des plus claires de toute la bâtisse. La forme de cette ouverture, sa taille inhabituelle et l'épaisseur du verre qui la garnissait évoquait irrésistiblement le hublot du *Nautilus* de Jules Verne. La neige s'était accumulée jusqu'à mi-hauteur de la vitre, dont l'inclinaison épousait celle de la mansarde, et renforçait la ressemblance. Celle-ci, d'ailleurs, s'arrêtait là : ce cagibi, dans sa nudité, n'avait en soi rien de commun avec le luxueux salon sous-marin de Nemo, ses boiseries, ses cuirs, sa vasque et son jet d'eau, ses œuvres d'art et ses vitrines, son piano-orgue ! Mais l'essentiel y était, aux yeux de Quentin, le hublot, cette paroi cristalline et cependant, dit Jules Verne, *d'une résistance infinie,* à travers laquelle, relisant sans jamais s'en lasser l'épisode de l'ouverture des panneaux, il avait si souvent épié la vie secrète des grands fonds par-dessus l'épaule de Pierre Aronnax.

S'arrachant enfin à sa rêverie, Quentin

ouvrit la porte à glissière du cabinet de toilette attenant. Un miroir fêlé, dont le tain en se décomposant imitait le tracé incertain des portulans antiques, et un minuscule lavabo dont il tourna sans succès les robinets de laiton, en constituaient tout l'équipement. Il regagna le rez-de-chaussée et sortit par le même chemin qu'il avait emprunté à l'aller. Il neigeait à nouveau. Il remonta le col de sa veste, et, d'un pas allant en dépit de la fatigue qui commençait à alourdir ses membres, il reprit la route de Paris.

Tôt couché ce soir-là, mais trop énervé pour trouver le sommeil et fumant au lit cigarette sur cigarette, Quentin conçut le projet de quitter sa chambre d'hôtel dès le lendemain pour s'installer dans la maison qu'il avait explorée. Tout lui était-il donc prétexte à s'exalter, à divaguer ? Cette décision née de la misère et du désespoir l'émerveillait ! Où d'autres n'auraient vu qu'un nouvel abaissement — il glissait pour de bon à la cloche — il voyait un nouveau départ, une aventure et presque un coup de maître. Il allait devenir le seul occupant, autant dire le propriétaire, d'une demeure semblable à celles qui le fascinaient, enfant, à Éparvay. Issu d'une famille très modeste, il avait connu d'abord la promiscuité des cités d'urgence de l'après-guerre, puis l'implantation difficile des premiers grands ensembles de H.L.M. Une habitation individuelle, un « pavillon » entouré d'un jardin, où sa mère ne se serait plus querellée avec les voisines, où son père ne se serait plus battu tous les quatre matins pour des histoires de poubelles renversées ou de pipis de chiens dans l'escalier, représentait l'ambition suprême de ses parents. Sur quoi vont se briser les coquilles de noix des destinées humaines ! Leur minuscule souhait ne s'était jamais réalisé, et leur vie avait tourné comme une assiettée de soupe oubliée dans un placard. La mère, frappée d'une variante locale de la « sarcellite » et persuadée qu'une machine écoutait ses pensées, qu'une organisation internationale dirigée conjointement par Martin Bormann, Nasser, Maurice Thorez et la gardienne de l'immeuble travaillait à sa perte, menait une existence de recluse entre son poste de télévision et son tiroir à pharmacie. Le père avait vieilli en tyran domestique et en teigneux faiseur d'esclandres qu'on embarquait au poste trois fois l'an pour injures et violences. Les enfants avaient fui.

Mais avant de prendre le large à son tour, Quentin avait eu le temps de contracter le virus familial. Il lui était arrivé souvent, en se rendant le matin au lycée d'Éparvay, de descendre de l'autocar bien avant sa station, pour le plaisir de traverser à pied le quartier résidentiel. Il partait tôt, exprès, et s'arrêtait dans l'ombre de la rue, juste un instant devant chacune car il craignait qu'on ne s'inquiétât d'un rôdeur de dix ans, et il contemplait les belles maisons, derrière les grilles. Plus tard, il avait été quelquefois invité par certains de ses camarades, fils et filles de médecins ou de commerçants, à des surprise-parties qui se déroulaient en ces lieux fabuleux. Ne se sentant, au début, que trop disposé à s'extasier sur tout comme un petit sauvage, à tenir ces jardins pour des parcs et ces villas pour des palais, il en rajoutait par timidité sur la désinvolture de règle dans la bande. Fuyant leur intérêt pour la situation des siens, il saluait à peine les parents de son hôte. Il coulait des regards avides vers les pièces d'habitation qui n'étaient pas dévolues aux ébats des adolescents réunis, et où pourtant il eût aimé s'attarder, seul, à humer les odeurs de cire, de fleurs fraîches et de tabac miellé qu'il respirait au passage.

Dans la mesure où il avait pu en juger, l'état du plafond de la chambre à l'œil-de-bœuf lui avait semblé témoigner d'une étanchéité satisfaisante. Cette partie de la toiture avait dû bénéficier d'une réfection à l'époque où la pièce elle-même avait été aménagée. Telle quelle, celle-ci lui suffirait pour quelques jours, en attendant que sa situation se fût améliorée. Bien sûr, il n'y jouirait d'aucun confort. Il neigeait, il gèlerait sous peu à pierre fendre, il risquait de crever de froid s'il ne mourait d'abord d'ennui dans cette solitude ? Certes, mais il n'avait plus que cent cinquante francs. Pas même trois jours de dépense, alors que son salaire ne lui serait pas versé avant deux semaines. Pour durer jusque-là, il ne lui restait d'autre solution que de coucher gratis, de se nourrir le soir de pain et de sardines à l'huile et de voyager sans billet... Puis cet esprit chimérique, toujours enclin à remodeler à son gré la réalité quitte à battre piteusement en retraite au premier choc, se complaisait plus à une vision romanesque des choses qu'à une prise en compte raisonnable des aléas et des inconvénients de son plan. Il fermait les yeux, il imaginait la chambre, *sa* chambre déjà, il entendait le vent hurler d'impuissance contre l'œil-de-bœuf, le hublot, l'opercule translucide et infranchissable *(d'une résistance infinie)* qui le protégerait des atteintes du monde tout en lui en laissant le spectacle. Il voyait la neige et la glace s'accumuler dans les gouttières, sur le rebord des fenêtres comme sur les sourcils et les pommettes d'un géant impassible, et toute objection s'effondrait. Là-bas, là-bas seulement, pensait-il, son corps dût-il y grelotter, une part de son âme longtemps glacée se réchaufferait enfin.

X

LE climat des rêves de Tête-lourde se modifia à nouveau au lendemain de sa maladie. Un thème fit son apparition, qui supplanta bientôt celui des fèces jusqu'alors prépondérant. Le rêveur demeura, certes, sujet à de brutales résurgences de ce dernier, mais c'en était fini de l'emprise absolue de sa « coprophobie » sur sa vie onirique. En vérité une obsession en avait chassé une autre, et Tête-lourde rêvait désormais de maisons avec la même opiniâtreté que, naguère, de latrines. Une seconde différence résidait dans la tonalité à présent apaisée de ces songes. La maison qu'il hantait lui inspirait des émotions exactement contraires à celles de la phase précédente. Au lieu de se réveiller révolté de dégoût, il ne se levait plus qu'avec regret, comme exilé de cette patrie singulière qu'il regagnait chaque nuit, et qui tenait avec ses océans et ses montagnes, ses vallées et ses plaines entre les murs d'un petit pavillon de banlieue.

La maison était monde et le monde était maison ; l'aspiration la plus profonde de Manoir s'exprimait là de la manière la plus achevée. De temps à autre, au hasard de ses déambulations, il poussait une porte qui donnait sur l'enclave d'un jardinet. Point de fleurs ; point de légumes ni de fruits. Une herbe rase, un arbre chlorotique végétaient sous la grisaille du ciel qu'on apercevait comme du fond d'un puits.

La maison était le monde. Un champ de blé ondulait au souffle du vent dans la salle à manger, un fleuve en débâcle grondait au milieu de la buanderie, la mer venait mourir au pied des rideaux du salon, des pics rocheux effleuraient la suspension de la cuisine. Il pleuvait, il neigeait sur les tapis et sur les meubles, un arc-en-ciel illuminait le plafond du grenier. Le monde était maison : Tête-lourde s'y sentait partout chez lui, en sécurité. Il n'y rencontrait d'ailleurs jamais âme qui vive. Le labyrinthe n'abritait aucun Minotaure, ou bien fallait-il qu'il incarnât, lui-même, et l'hôte du dédale et son Thésée ? Il faisait alors un monstre bien pensif, et un justicier peu pressé ! Il vaquait la plupart du temps à de menues besognes, époussetant un bibelot ou changeant l'eau d'un vase.

La maison-monde était aussi un musée qu'il visitait et gardait tout à la fois. Le moindre objet appartenait à l'âge d'or, à l'époque lointaine et fabuleuse d'avant la bombe et l'orphelinat, d'avant le mal et la chute. Au long d'interminables couloirs une collection d'assiettes à décor racontait, ainsi qu'un livre d'images, la saga radieuse des jours anciens. Tête-lourde n'avait jamais vu que trois ou quatre assiettes d'une même série accrochées dans la cuisine, mais sa mère lui avait expliqué que les autres avaient été cassées dans un déménagement et qu'on en avait déjà perdu ou jeté les morceaux bien avant sa naissance. Or, les notions de perte et d'oubli n'avaient pas plus de réalité ici que la pesanteur dans l'espace interplanétaire. Puisque la chronique maternelle mentionnait d'autres assiettes sans en préciser le nombre, celui-ci ne pouvait être qu'infini. Une infinité d'assiettes, toutes différentes, chacune relatant un épisode du mystère des origines, tapissait murs et cloisons.

Plus loin, sur des étagères, les jouets du petit Jean-Jacques étaient rangés dans un ordre intangible, du premier au dernier, de l'arlequin de tissu qui avait fini dans la cheminée un soir de colère, mais ici suspendu dans sa perfection lasse de joujou favori, ses coutures crevées vomissant sa bourre de crin, à la boîte de construction que Tête-lourde se souvenait d'avoir enjambée, le chalet suisse à demi assemblé, des madriers traînant alentour comme sur un véritable chantier, en sortant de sa chambre pour descendre déjeuner, le dernier jour. Entre cet alpha et cet oméga s'alignaient, dans l'ordre même où ils lui étaient passés par les mains, ses autos miniatures et ses soldats de plomb, le train mécanique aux wagons écaillés, cabossés, les toupies et les balles à jamais immobiles, le plateau de carton d'un jeu de petits chevaux (on le retourne et c'est un jeu de l'Oie).

Les armoires dont il inspectait le contenu

renfermaient, jusqu'aux mouchoirs, tout le linge et les vêtements de ses huit premières années. Il avait porté une saison une culotte courte en laine, tricotée à la main, dont les bords inférieurs rebiquaient outrageusement sur ses cuisses, et dont il conservait un souvenir pénible... Elle y était. Il avait eu des blouses grises d'écolier, des bérets basques, et ces chaussettes montantes à grosses côtes, qui ressemblaient à des cnémides grecques ou à des jambières d'armure et qui, jointes à la pèlerine et au passe-montagne, vous faisaient une silhouette de petit guerrier. Rien n'y manquait. Des sachets odoriférants disposés entre les piles d'habits embaumaient, non point la lavande, mais cette inoubliable senteur de feuilles mortes et d'urine, de marron éclaté et de pluie, des cours d'école communale au mois d'octobre.

Des statues de son père, de sa mère, pétrifiés dans les attitudes familières ou mémorables, peuplaient la demeure silencieuse. Maman cousait ou se penchait sur ses fourneaux. Quant à papa, fidèle à sa dernière image, en uniforme, sa valise de permissionnaire à la main, son omniprésente effigie paraissait errer de pièce en pièce comme pour imprimer partout son absence prochaine.

Souvent aussi, Tête-lourde venait s'asseoir entre eux dans la cuisine. La table était dressée et le couple de marbre luisait doucement sous la lampe. Seuls détails hétérogènes, le père portait sa chevalière en or, et la montre de gousset deux fois brisée pendait hors de sa capote. De ses yeux sans iris ni pupille il surveillait le maintien de son fils. Celui-ci, à trente ans et plus de distance, entendait résonner en lui les affectueux commandements auxquels il ne se conformait pas, alors, sans une légère impatience. *Tiens-toi droit, mon petit, et n'aspire pas ta soupe...* Surmontant sa douleur, Tête-lourde s'efforçait d'avaler sans bruit de succion le potage brûlant.

Un de ces rêves le frappa plus particulièrement. Il se trouvait dans la cuisine, en compagnie de ses parents. C'était à la fois le matin et le soir, le jour du départ de son père pour la guerre et la mort, et le jour du sien pour la vie et la solitude. Deux bombardiers, l'un à l'est et l'autre à l'ouest, grondaient dans le lointain. Le premier broierait l'homme dans sa tranchée, le second écraserait la femme sous les décombres de sa maison. Les scènes peintes sur les assiettes s'animèrent, et celles-ci, nimbées d'une lumière bleue, se transformèrent en écrans de télévision circulaires sur lesquels un avion frappé de croix gammées plongeait sur une position française. Tête-lourde reconnut son père une fraction de seconde avant l'explosion. Quand la fumée se dissipa, il n'aperçut, à l'endroit où l'homme s'était jeté à plat ventre, que la montre et la bague au fond d'un casque renversé. Une voix douce le tira de ce spectacle. *Dépêche-toi, lambin, il ne faut pas arriver en retard à l'école, aujourd'hui !* Il se retourna. Une ride, au front de la statue de son père, se creusa, se changea bientôt en une profonde crevasse qui s'élargit, s'allongea, barra son visage et sa poitrine, se scinda en craquelures nombreuses dont chacune à son tour donna naissance à d'autres. Puis il se produisit un léger tintement, suivi d'un bref silence, avant que la statue ne s'écroule en cent morceaux dans un bruit de tonnerre. *Va, à présent, va, ne tarde plus,* reprit la voix. Sur la paume tendue de sa mère, il prit le biscuit qu'il emportait chaque jour pour son goûter et le glissa dans sa poche. Il embrassa la froide joue de marbre et sortit dans le petit jardin. La porte se referma derrière lui. Aussitôt, le ronronnement d'un moteur d'avion lui fit lever le nez au ciel. L'appareil, noir sur le fond gris des nuages, s'immobilisa à la verticale de la maison et largua un objet, noir lui aussi, qui tomba avec un sifflement aigu. Vite, Tête-lourde revint sur ses pas et tenta d'ouvrir la porte, mais la poignée minuscule se brisa et lui resta dans la main. Il se précipita sur le sol. Une haleine brûlante souffla sur sa nuque. Quand il se redressa, le monde autour de lui flambait jusqu'à l'horizon. Il avait seul survécu, sous son arbrisseau, et pourtant il ne ressentait aucune peur, aucun chagrin. A la lueur de l'incendie, il tournait et retournait entre ses doigts la poignée de la porte, qui était en réalité la bague, et le biscuit, qui était en réalité la montre. Les flammes s'éteignirent. La nuit descendit sur la terre dévastée. Tête-lourde lança la montre vers le ciel, et elle s'y accrocha comme une lune d'argent. Il baisa le chaton de la chevalière, et le petit manoir qu'y avait fait graver son père se matérialisa devant lui. Alors, le cœur heureux, Tête-lourde rentra chez lui.

Vers cette époque également, sa passion du cinéma se refroidit au profit d'une nouvelle marotte. Flânant un dimanche après-midi sur les quais, il avait découvert dans une boîte de bouquiniste un vieil album à colorier. Le cartonnage éraflé, le papier jauni, les vignettes barbouillées de rouge, de bleu, de vert, avaient produit en lui un effet extraordinaire, comme si un fragment du passé, tel un aérolithe, s'était abattu à ses pieds. Tous ces albums-là se ressemblent, sans doute, mais à la vue de la couverture de celui-ci, qui s'ornait d'une scène champêtre, une fillette menant au pré une mignonne vache aux longs cils, l'étable à l'arrière-plan, un puits à gauche, un volumineux champignon à droite, un soleil hilare illuminant le tout de ses rayons, Tête-lourde fut dans l'instant persuadé qu'il en avait possédé enfant un exemplaire. Les mains tremblantes, plus ému qu'un lycéen se décidant à présenter à la caissière d'un drugstore la revue pour adultes dont il a fait choix, il acheta l'opuscule. La modicité de son prix l'étonna : on ne lui en demanda que trois francs. Et qu'était-ce, trois francs, et qu'aurait-ce été que cent francs, mille francs même, en comparaison de ce coup au cœur qu'il avait éprouvé ? Trois francs ! Il serra contre lui la précieuse vieillerie et poursuivit son chemin. La coupole de l'Institut brillait au soleil de juillet. Tête-lourde riait aux anges. Trois francs la relique arrachée par miracle de la gueule du temps ; trois francs la couronne de Golconde, le sceptre du Basileus d'Atlantis ; trois francs la vraie *Joconde* ou l'*Astrolabe* de La Pérouse, trois francs le fil d'Ariane retrouvé ! Et l'idée naquit en lui, sur-le-champ, de se faire l'archéologue de lui-même. Il devait exister un peu partout d'autres objets, jouets, petits livres, meubles et bibelots *datés,* susceptibles de le convaincre avec une semblable puissance d'évocation qu'il n'avait pas inventé son enfance. Car la destruction totale et instantanée de son univers, cause de cette nostalgie qui le retranchait du présent, de la vie qui va, enfin du monde profane et chaleureux des vivants, avait aussi semé dans son esprit les germes d'un doute térébrant, touchant à cette enfance même. Un homme qui n'a de souvenirs communs avec personne côtoie la folie chaque jour. Tête-lourde savait seul qui il était. Ses collègues, sa concierge, qui l'accueillaient tous les matins d'un « Salut, Manoir ! » ou d'un « Bonjour, Monsieur Manoir ! » ne comptaient pas à ses yeux : des ombres infiniment plus pâles, moins tangibles que son père enterré il ne savait trop où, du côté de Rethel ou de Laon, que sa mère ou que cette petite voisine qu'il aimait bien, grippée le jour du bombardement et sans doute déchiquetée dans son lit, sa bouillotte aux pieds, ses potions en désordre sur sa table de nuit... Tout eût été différent s'il avait noué des amitiés ou des liaisons durables, mais il n'avait rien reconstruit, et il tendait les mains avec obstination vers un foyer anéanti. Parfois, le soir, assis à sa table de bois blanc dans ce campement impersonnel qu'il aurait quitté sans regret du jour au lendemain si l'Administration l'avait ordonné, il étalait fiévreusement devant lui ses papiers d'identité. Il ôtait sa bague, qu'il s'était résigné à faire réajuster tant elle lui était devenue étroite, et la posait au milieu des paperasses fatiguées, crevées aux pliures. Il contemplait longtemps ces preuves, mais cela ne suffisait pas, il doutait encore, malgré lui, contre toute évidence. Alors il fermait les yeux et se récitait l'humble légende, le pavillon et le jardin, la pelouse et les arbres fruitiers, la cuisine odorante où s'affairait la fée, la toile cirée à carreaux et les assiettes au mur, et la salle à manger, pièce noble qu'on n'ouvrait que le dimanche, et le sombre bureau où travaillait son père, et la chambre de ses parents qui sentait si bon (c'était le sommeil de maman, bien sûr, qui exhalait cette odeur suave — son père sentait plutôt le tabac, pour sa part), et sa propre chambre, son lumineux domaine, l'édredon grenat et le chien-tirelire en plâtre, les chromos édifiants et le poème de Kipling dans son cadre doré au-dessus de son lit, *Si tu peux en un jour* ou quelque chose comme ça... *Voir détruire l'œuvre de ta vie...* La-la-la, la-la-la, *Et sans un mot* ou bien *Et sans rien réclamer te mettre à reconstruire...* La-la-la, la-la-la, *Alors, tu seras un homme, mon fils !*

Ce jour-là, Tête-lourde rentra tôt chez lui. Sur la petite bibliothèque dans laquelle il rangeait ses romans d'espionnage, il posa en évidence l'album à colorier. Ainsi qu'à son habitude, il avait emporté un dossier pour le week-end, et il s'y attela de bon cœur. De temps à autre, il s'interrompait pour caresser du regard sa trouvaille. En dépit de sa bonne humeur, il parvint à peine à défricher l'affaire qu'il s'était promis d'expédier ; son esprit, sans cesse, s'échappait et vagabondait ailleurs : sur les quais, au marché aux puces, chez les libraires d'occasion, lieux magiques, moraines de mémoires qu'il décida de prospecter dorénavant chaque semaine. Il se coucha, et sur un dernier regard amoureux en direction de l'album, éteignit la lumière.

XI

HUGO, dans son trouble, avait lu très incomplètement la missive. Y revenant un peu plus tard à tête reposée, il découvrit qu'à l'indemnisation qui lui était due s'ajoutait la promesse d'un relogement immédiat. Il était donc excessif de prétendre qu'on le jetait à la rue. En sa qualité de célibataire, Hugo se voyait attribuer un petit deux pièces dans un ensemble locatif appartenant à la municipalité.

La mort dans l'âme, traînant les pieds, prêt à l'avance à tout dénigrer, il s'en alla visiter les lieux à quelques jours de là sous la conduite d'une employée revêche. Il se montra lui-même odieux. Rien n'était à son goût. Cela commença au pied de l'immeuble. Il critiqua l'esthétique générale du bâtiment, qu'ornaient des fresques polychromes imputables à quelque réfugié politique latino-américain.

« Infect ! Le 1 % obligatoire, j'imagine ? Enfin ! En tant que contribuable, je me réjouis de savoir par quelle fenêtre on jette mon argent ! »

Puis il s'en prit au hall d'entrée : venteux et

mal entretenu ; aux boîtes aux lettres : trop petites — il recevait des livres et des revues. Dans quel état de lacération lui parviendraient-ils ? Il haussa les épaules ; il se faisait de la bile pour rien : on les lui volerait de toute façon.

Tiens, l'ascenseur fonctionnait ? Il n'en sentait pas moins l'urine. D'ailleurs, il avait parlé trop vite. Son guide avait appuyé sur le troisième bouton, on était déjà au sixième étage, et cela continuait. Parvenu au douzième, l'appareil s'immobilisa sans pour autant s'ouvrir.

« Permettez ? »

Non sans une certaine inquiétude, Hugo manipula à son tour les commandes. Chuintement, clacs sonores, borborygmes. La cabine hésita, amorça sa descente, ralentit au septième, s'arrêta quelques secondes entre le cinquième et le quatrième, regagna d'un bond les hauteurs. Hugo sifflotait *Plus près de Toi mon Dieu.* La femme était blême. Il se dit qu'il la giflerait sans déplaisir, si elle cédait à la panique. Enfin, au neuvième étage, le monstre de métal régurgita ses proies. Celles-ci descendirent à pied par la colonne sèche.

Hugo inventoria d'un œil morne la kitchenette, les W.-C.-salle de bain, les « deux » pièces qu'aucune porte ne séparait l'une de l'autre. Il acheva d'excéder son accompagnatrice en demandant à examiner *l'autre pièce.*

« Quelle autre pièce ?

— La seconde. Je ne vois là qu'une petite pièce coupée en deux par une cloison inutile.

— C'est un double studio. C'est comme ça, maintenant, lui fut-il sèchement répondu.

— Ah ! bon ! Et les W.-C. dans la salle de bain, c'est comme ça aussi, maintenant ? Quel progrès !

— Si vous n'en voulez pas, ne vous gênez pas pour refuser. Au prix où sont les loyers partout ailleurs, ça ne restera pas vide longtemps. »

Hugo grommela quelque chose à propos de « clapiers concentrationnaires ». L'employée explosa.

« Bon, alors vous refusez ? Tant mieux ! Il y a des listes d'attente interminables ; des gens qui ne feront pas les dégoûtés, eux ! Un deux pièces à quatre cent cinquante francs par mois, vous irez en chercher un à Neuilly ! »

Hugo rentra la tête dans les épaules. Il avait consulté ce matin les petites annonces immobilières. Le taux des loyers l'avait effaré.

« Je n'ai pas dit que je refusais.

— Il faudrait savoir ! Vous n'arrêtez pas de tout débiner...

— Je juge. Je disposais de huit pièces et d'un jardin de mille mètres carrés planté de beaux vieux arbres. On me chasse de chez moi. On me reloge dans un placard. Vous ne voudriez tout de même pas que je vous baise les pieds ?

— Vos histoires ne m'intéressent pas. Je suis chargée de vous faire visiter cet appartement. Deux pièces, cuisine, salle de bain. Quatre cent cinquante francs mensuels plus les charges. Voilà qui est fait. Vous refusez ou vous acceptez. »

Hugo soupira.
« J'accepte.
— Présentez-vous demain matin à l'Office pour signer. »
Ils sortirent. Elle claqua la porte, donna un tour de clef rageur, et, plantant Hugo sur le palier, s'engouffra dans la colonne sèche. Il l'y suivit après un instant d'hésitation.

Hugo regagna son domicile à pied. La femme avait pris juste assez d'avance pour atteindre la première le véhicule de service à bord duquel elle l'avait conduit jusqu'ici et démarrer vivement sous son nez. Il s'avoua qu'il ne l'avait pas volé. Il se félicita du moins de ne point travailler pour la même municipatlité qu'elle. Elle lui aurait fait une belle réputation de grincheux !
Il leva les yeux vers la façade bariolée de son immeuble. Des sombreros ! Des ponchos ! On avait donné carte blanche à l'artiste, et bien entendu il avait peint une foule unanime et basanée, vêtue de ponchos, coiffée de sombreros. Les pluies du Bassin parisien délavaient déjà le vermillon des drapeaux et des banderoles.
Hugo eut un rire nerveux. Il croisa un gamin tenant un chien en laisse, et son rire se figea sur ses lèvres. Il se vit, dans un mois, pas même un mois, dans trois semaines, traîner les chows, harnachés, le long de pelouses lépreuses. Il faudrait les tenir sans cesse. Il devait y avoir un gardien. Et puis le mâle était querel-

leur. Hugo ne l'avait sorti qu'une fois depuis qu'il était adulte, pour l'emmener chez le vétérinaire : il s'était jeté, sans attendre d'avoir été provoqué, sur tous les chiens passant à sa portée. Hugo, avait fini par rebrousser chemin. Depuis lors, le vétérinaire, un gros homme placide qui paraissait toujours s'éveiller d'une sieste sur la litière d'une étable, se déplaçait jusque chez lui pour procéder aux sempiternelles injections anti-eczémateuses.

Il les vit, ses bêtes fabuleuses, se poser dans le caniveau, si encore il parvenait à les en convaincre, sous les regards enthousiastes des peones insurgés des fresques, sous les ronchonnements des vieilles aux fenêtres. Une bouffée de désespoir lui monta à la gorge. Ce n'était pas seulement les chiens, c'était... tout. Il mourrait, lui, dans ce béton ! Oh, à dire vrai, il ne « profitait » pas tant que cela du jardin ! Il n'y descendait pas six fois l'an. Mais il le sentait autour de lui, armure végétale, cotte de lierre, d'herbes folles, de ronces, d'arbres... ces arbres qu'il avait évoqués devant l'autre pimbêche, et qu'en vérité il laissait mourir faute de soins. Et alors ? Il laissait mourir ses arbres, il laissait vivre ses orties, il laissait tout aller à vau-l'eau, c'était son droit, c'était sa vie.

Sous les arbres agonisants, en octobre, en novembre, génies en livrée rousse, elfes de l'automne et du déclin, les chiens couraient dans les fourrés, bondissaient sur l'épais tapis de feuilles mortes qu'il négligeait de ratisser. Où faudrait-il qu'il les mène, et comment, pour s'emplir à nouveau les yeux de cette vision ?

Bien sûr il pourrait aller au bois. Bien sûr il avait de l'argent, il l'avait déjà presque oublié. Rien ne l'empêcherait d'acheter une auto. Mais ce ne serait plus la même chose, jamais plus. Cette impression de ne faire qu'un, la maison, l'homme, les chiens, le jardin, tout un monde. Il ne serait plus que lui-même : rien. Et il tremblait de peur. Il avait été si riche malgré ses misères. Si plein, en dépit d'un manque essentiel. L'œuf de sa vie allait se briser là, sur ce béton badigeonné de scènes édifiantes. Et sa substance allait couler, dégouliner sur les sombreros et les ponchos, sur les moustaches et les mentons hardis des révolutionnaires de la « cité Allende », puisqu'elle s'appelait ainsi.

Il téléphona le lendemain à une entreprise de déménagement. Une secrétaire lui promit la visite d'un estimateur. Quelques jours plus tard, en début de soirée, la vieille cloche rouillée grelotta au portail. Hugo enferma les chiens dans la cuisine avant d'aller ouvrir.

L'homme ressemblait plus à un représentant en cartes postales qu'à un déménageur. Fluet, le teint jaune, il paraissait à peine capable de soulever une chaise ou un guéridon. Aussi bien n'était-ce pas son métier. Il parlait du « boulot des gars » avec, dans la voix, une nuance de respect. Il se contentait pour sa part de mesurer le volume à déménager et d'établir le devis. Il sortit d'une serviette un carnet à souche et s'arma d'un stylo-bille dont il fit jouer le ressort plusieurs fois.

Il suivit Hugo de pièce en pièce, s'arrêtant ici ou là pour inscrire des signes cabalistiques sur son carnet. Ils eurent bientôt passé en revue les pièces dans lesquelles Hugo se confinait. L'homme marqua un temps d'arrêt.

« Est-ce tout ? Les autres pièces sont vides, peut-être ?

— Non, non... Vous voulez les voir également ?

— Cela me paraît indispensable, si leur mobilier part avec le reste. Vous emmenez tout, je suppose ?

— Sans doute. Eh bien, allez-y, visitez. Excusez-moi, je ne vous accompagne pas, j'ai quelque chose à faire en bas. Et ne regardez pas la poussière... Je ne mets plus les pieds là-haut depuis la mort de mes grands-parents. »

Hugo se réfugia dans la cuisine, auprès des chiens. Ceux-ci, avertis d'une présence étrangère dans la maison, reniflaient et grattaient à la porte avec frénésie. Autant pour s'occuper lui-même que pour distraire leur attention, Hugo emplit leur plat de croquettes et changea l'eau de leur écuelle. En vain. Ils ne lui accordèrent pas un regard. La femelle, nerveuse, continua de faire les cent pas à proximité de la porte. Le mâle, dans la position du sphinx, grondait sourdement.

Hugo s'assit et alluma une cigarette. Les pas de l'estimateur résonnaient au-dessus de sa tête. La chambre de grand-père. Même de son vivant, Hugo n'avait pas dû y pénétrer plus de cinq ou six fois. Il se souvint qu'un ordre méticuleux y régnait. L'homme, là-haut, posait en cet instant un regard sacrilège sur les portraits d'ancêtres, sur l'épée de parade accrochée au-dessus de la cheminée, sur le casque cabossé à Craonne, sur les reliures poussiéreuses de *L'illustration*, sur les œuvres d'Henry Bordeaux et de Paul et Victor Margueritte, sur le couvre-lit grenat sur lequel on avait couché le vieil homme le jour de son attaque. Hugo n'avait pas osé entrer en dépit de ses vingt-cinq ans. Il n'avait aperçu, du couloir, que ses pieds dépassant du lit. Son grand-père était très grand, très lourd, et les voisins qui le portaient avaient eu beaucoup de mal à l'allonger convenablement. Ils avaient dû s'y reprendre à deux fois. Hugo les avait entendus s'encourager à voix basse.

« Bon, vous y êtes ? Alors on y va... Humph ! »

Les ressorts du lit avaient gémi. Quand il avait regardé à nouveau, les pieds ne dépassaient plus. Ils reposaient, bien parallèles, sur le tissu grenat. Le vieil homme aurait aimé cela. Jusque dans la mort, pas de débraillé. *On se tient.*

Hugo eut le temps de fumer deux cigarettes avant le retour de l'estimateur. Celui-ci frappa à la porte de la cuisine. Hugo maîtrisa les chiens avec peine, ouvrit et se glissa dans l'entrebâillement.

« Vous avez vu ? »

L'homme opina de la tête.

« Cela doit sentir le renfermé, non ? Et peut-être aussi... Les chiens ont dû faire des saletés.

— Vous avez quatre-vingt-dix mètres cubes. C'est un gros déménagement. Si vous envisagiez de vous débarrasser d'une partie de vos meubles, je pourrais arranger ça. J'ai des adresses. Des gens sérieux.

— Me débarrasser de... Non, non, je garde tout !

— Comme vous voudrez. Bon, alors quatre-vingt-dix mètre cubes. Quelle conditions désirez-vous ?

— Je ne sais pas, je...

— Nous pouvons vous apporter des caisses que vous rempliriez à l'avance.

— Je préférerais ne toucher à rien. A rien du tout, vous voyez ? J'aimerais même ne pas être là ce jour-là, si c'était possible.

— C'est parfaitement possible. Vous nous signerez une décharge particulière, voilà tout. Mais je dois vous avertir que cette façon de procéder nécessite plus de main-d'œuvre, plus de temps, et revient plus cher.

— Oh ! ça m'est égal ! »

Hugo se reprit. Il avait de l'argent, à présent, mais il n'avait guère l'habitude de dépenser. « Combien ?

— Vous recevrez un devis détaillé par le prochain courrier. Attendez-vous à six ou sept mille francs.

— Six, sept mille ? Mais je n'aurai à m'occuper de rien ?

— Absolument rien.

— Alors ça ira. Ah ! j'y pense, il y a aussi des livres à la cave. Quatre ou cinq cents volumes... »

L'homme ajouta une note à la page de carnet déjà constellée de chiffres et de signes.

« Il ne me reste plus qu'à prendre congé », dit-il.

Après son départ, Hugo lâcha les chiens dans le jardin. Il erra longtemps avec eux par les allées boueuses, sous les arbres dénudés par l'hiver. Puis, sous le coup d'une impulsion subite, il regagna la maison, grimpa les escaliers quatre à quatre, ouvrit la porte de la chambre de son grand-père que l'estimateur avait machinalement refermée. Il s'immobilisa sur le seuil. Il respira l'odeur moisie de la pénombre. Une bouffée d'oubli, de mort. Non, la mort ne l'effrayait pas, si elle ressemblait à cela. Cette odeur n'était pas vraiment désagréable. Il recula, tira la porte sans la fermer. Il rouvrit toutes les autres portes de l'étage, ainsi que celle du grenier. Il aimait que les chiens pussent vagabonder partout.

XII

LE temps s'était radouci, et quelques heures d'un trafic pourtant réduit avaient transformé la neige des rues en margouillis. Quentin gagna en métro la porte de C. Il lui fallut marcher assez longtemps ensuite, encombré de paquets mal ficelés qui menaçaient à chaque instant de répandre leur contenu. Il avait brûlé ses vaisseaux : ses achats de la matinée, un camping-gaz, un réveil *made in Korea,* un paquet de bougies, un sac de couchage d'occasion, une modeste batterie de cuisine, ne lui avaient laissé qu'une vingtaine de francs en poche.

Il était presque rendu quand, dans l'intention d'acheter des cigarettes, il s'arrêta dans un de ces minuscules bistrots de quartier dont on se demande si leur recette justifie qu'on les exploite, et de quel autre commerce leur propriétaire tire en réalité ses revenus. Mais celui-là, à l'enseigne du Garigliano, respirait l'honnêteté et la soupe aux choux. Le patron suivait de derrière son comptoir un film de guerre à la télévision. Sa femme, pantoufles et chignon, ravaudait près du poêle. Un garçonnet, deux tables plus loin, rêvassait sur ses devoirs. Un berger allemand dormait au pied du zinc. On devinait, sur la droite, derrière une porte vitrée, le dépôt de gaz et de fuel domestique qui, probablement autant que la limonade, nourrissait ce monde-là, et au fond, de plain-pied, séparé de la salle par une portière de lanières, le petit appartement familial. Un billard de compétition occupait le centre du local, dont les dimensions ne dépassaient guère celles d'une belle salle à manger.

Le maître des lieux détourna à regret son regard des phosphorescences du poste pour saluer l'arrivant.

« Bonjour. Euh... La maison est ouverte ? »

Le cafetier hocha la tête. Quentin posa ses paquets et commanda un café-crème. La mère, le fils, le chien, qui avaient levé les yeux à son entrée, les baissèrent bientôt.

« Ah !... Et des cigarettes, s'il vous plaît.

— Gauloises ? Gitanes ?

— Gauloises filtre, si vous avez. »

L'homme lui tendit le paquet de cigarettes, puis retourna s'affairer devant le percolateur, non sans jeter de fréquents coups d'œil pardessus son épaule, en direction de l'écran.

« Eh bien, ça barde, dit Quentin.

— *Monte Cassino.*

— Ah ! Monte Cassino ! Quelle bagarre ! »

Le patron considéra soudain son client avec plus d'aménité.

« Quelle bagarre, oui monsieur, on peut le dire ! »

Quentin le dévisagea à la dérobée. Il pouvait

avoir une cinquantaine d'années. D'autre part, le nom de l'établissement...

« Vous y étiez, peut-être ?

— 2e D.I.M. La *Cerasola*, le *Girofano*. »

Le sucre fondait mal dans le breuvage à peine tiède. Quentin dut le broyer contre la paroi de la tasse à l'aide de sa cuiller.

« Remarquez, reprit son interlocuteur, le film ne vaut pas tripette. Il a fallu qu'ils y collent des roucoulades, comme d'habitude... Tenez, ça recommence ! »

Entre deux canonnades, les amours contrariées d'un officier allemand et d'une jeune Italienne introduisaient des pauses durant lesquelles l'attention du vétéran se relâchait. Quentin en profita pour détourner la conversation sur le sujet qui l'intéressait.

« Dites-moi, qu'est-ce donc que ce chantier, un peu plus loin ?

— Mmh ? Ah ! le chantier ? Vous n'avez pas vu la pancarte ? Ils voulaient construire une faculté. Moi, je n'avais rien contre ! Je m'étais même mis en tête de rénover mon établissement, de rajouter des glaces, des appliques, des banquettes capitonnées, que ça plaise aux jeunes, quoi, le genre *pub*, vous voyez ? Pour gagner de la place, j'aurais laissé tomber le fuel et récupéré l'appentis... »

Il se servit un ballon d'eau minérale.

« Et puis je t'en fous, voilà trois ans que ça traîne ! Heureusement, mon député, un ancien d'Italie, m'a prévenu à temps. Je l'ai échappé belle ! J'allais contracter un emprunt et signer un devis de plusieurs millions. J'aurais l'air fin, maintenant ! Les travaux sont ajournés *sine die,* comme ils disent. »

Le patron se tourna vers son fils qui bayait aux corneilles.

« Michel, toi qui fais du latin, qu'est-ce que ça veut dire, « sine die » ?

— A la Saint-Glinglin, répondit le gamin.

— Et voilà ! C'est toujours pareil : pagaille et magouille ! On a exproprié les gens, on a rasé la moitié d'un quartier, ça a déjà coûté une fortune, tout ça pour quoi ? Pour qu'un promoteur rachète le terrain un de ces quatre matins et se remplisse les poches... »

Une salve d'artillerie l'interrompit. Les tabors du corps expéditionnaire français montaient à l'assaut.

« Et la maison ? Il m'a semblé apercevoir une maison, sur le chantier. On n'a donc pas tout rasé ?

— Ah ! oui, la maison du docteur... C'était une belle maison, autrefois, dit le bistrot en portant son regard vers l'écran. L'architecte voulait la restaurer afin d'y loger l'administration. Elle doit s'abîmer, depuis le temps que... »

La fin de sa réponse se perdit dans le fracas des explosions. Quentin avala son crème, posa quelques pièces de monnaie sur le comptoir et rassembla ses paquets.

« Eh bien, bonsoir ! »

Le patron, sans quitter des yeux le paysage convulsé de ses vingt ans, lui adressa un salut inaudible.

A peu de distance du Garigliano, au-dessus de la palissade, une pancarte annonçait, en lettres à présent décolorées par les intempéries, l'édification prochaine d'une annexe de la faculté des sciences de Paris. De loin en loin, des panneaux interdisaient l'accès à toute personne étrangère au chantier. Des garnements, sans doute les mêmes qui s'étaient divertis à briser les carreaux, avaient dû se ménager un passage à leur taille. Les promeneurs de chiens, secte opiniâtre toujours en quête au cœur des villes d'un carré de terre meuble, s'étaient empressés de l'élargir. Des amateurs de bois de chauffe avaient parachevé leur œuvre.

Le champ de neige de l'enclos avait, dès le matin, attiré d'assez nombreux visiteurs, ainsi qu'en témoignaient des traces entremêlées d'hommes, d'enfants et de chiens. Les gosses, avant qu'on ne les rappelât à l'heure de déjeuner, avaient érigé un bonhomme de neige devant la maison. Mais les accessoires, galurin, vieille écharpe, balai, carotte, écorce d'orange, leur avaient manqué. Leur bonhomme levait au ciel une ébauche de visage où deux calots de verre guettaient l'étincelle divine. Quentin posa son barda et glissa son mégot de cigarette dans la cavité qui tenait lieu de bouche à l'homoncule.

Il monta directement à sa chambre. Il était encore tôt ; la lumière, à travers l'œil-de-bœuf, pénétrait à suffisance dans la pièce. L'exiguïté de celle-ci persuada Quentin qu'elle ne devrait guère se révéler difficile à chauffer, et cette pensée le ragaillardit un peu. Il se souvint d'avoir entendu un de ses camarades d'atelier vanter les mérites de certain calorifère à gaz butane, et se promit de s'enquérir du prix de cet appareil.

Poursuivant ses investigations, il découvrit que la porte de la chambre était équipée d'un loquet. Il s'en félicita, car la perspective de dormir dans cette bâtisse isolée, ouverte à tous les rôdeurs (n'en était-il pas un lui-même ?), n'avait pas manqué d'éveiller en lui quelque appréhension.

Il commença par recouvrir un coin de son antre des emballages de ses acquisitions ainsi que des pages du magazine qu'il trimbalait partout depuis une semaine. Au moins, faute de pouvoir donner un coup de balai, ne dormirait-il pas le nez dans la poussière. Si l'intérieur n'était pas exempt de taches sur la nature desquelles il préféra s'abstenir de toute hypothèse, il s'assura en le retournant comme une chaussette que son sac de couchage ne recelait aucune vermine. Il l'étendit sur la litière de papier étalée à cet effet. Puis, après l'avoir mis à l'heure de sa montre et remonté à bloc, il posa le réveille-matin à son «chevet ». Dans le coin opposé, il rangea au cordeau le camping-gaz et les ustensiles de cuisine. Passant ensuite dans la « salle de bain », il aligna ses objets de toilette sur le rebord poussiéreux du lavabo. Il prit note, mentalement, d'un achat à prévoir : un broc, s'il trouvait dans les environs un point d'eau accessible sans difficulté, lui serait d'une utilité considérable.

Une soucoupe ébréchée dont le quincaillier des puces lui avait fait cadeau lui servirait à la fois de bougeoir et de cendrier. Voilà, il était chez lui... Il s'allongea sur sa couche, alluma une cigarette et ferma les yeux. Quelques minutes d'immobilité suffirent à le rappeler à la réalité : la température ne s'élevait guère à plus de cinq ou six degrés. Alors, ainsi qu'un prisonnier conduit en état d'inconscience au cachot comprend en un éclair son infortune à son réveil, Quentin fondit tout à coup en larmes. Il s'endormit un peu plus tard, brisé par cette crise de désespoir, lové comme un fœtus dans l'enveloppe douteuse de son duvet.

Une vague de froid s'abattit sur le pays les jours suivants, et la température baissa encore de plusieurs degrés dans la chambre de Quentin. Une fleur de givre envahit en quelques heures toute la surface de l'œil-de-bœuf.

Quentin apprit, par des conversations de vestiaire, que le gel tuait chaque nuit des égarés, des clochards, de vieux pauvres, et il se mit à trembler pour sa propre vie. Bien sûr, tout le jour, les feux conjugués de l'action et de l'alcool réchauffaient ses membres et réduisaient ses craintes à néant. Les convoyeurs rapportaient d'Alsace et d'Allemagne du schnaps et des caisses de bière, et l'atelier buvait beaucoup. Mais au soir, comme il regagnait la « Faculté » dans un état d'accablante fatigue, la peur s'insinuait de nouveau en lui.

Il usait, pour se protéger, de tous les expédients à sa portée. L'O.S. en remplacement duquel on l'avait engagé avait abandonné dans son casier une loque de chandail qui puait la sueur. Surmontant sa répugnance, Quentin l'adopta. De même, au lieu de laisser sa cotte à l'usine, l'emportait-il afin de l'enfiler par-dessus ses vêtements de ville à l'instant de se coucher. Au plus fort de l'hiver, il alla jusqu'à matelasser ses habits de papier. Il avait utilisé, comme de juste, des pages de sa revue, et un matin, tandis que l'équipe se changeait au vestiaire, son extravagant molleton glissa et tomba à ses pieds, provoquant un fou rire général.

Chaque jour, à la cantine, il raflait à la fin du repas tout ce qui traînait de nourriture sur la table : morceaux de pain, parts de fromage dédaignés, fruits talés. On le traitait en riant de *morfal* et de *crevard.* Il haussait les épaules.

« J'habite loin... Il n'y a plus rien d'ouvert le soir quand j'arrive. »

Blondin le prit à part, un midi, à la sortie du réfectoire.

« Dis donc, c'est la dèche, hein ?

— J'attends la paie, voilà tout.

— Tu sais, on peut te dépanner.

— Eh bien... Pour manger, ça va, tu vois, je me débrouille. Mais pour le métro et le train, là, vraiment... »

Depuis une semaine, plus mort que vif,

Quentin voyageait matin et soir sans titre de transport.

« Sûr, dit Blondin. On va tâcher d'arranger ça. »

Dans le courant de l'après-midi, M. Verlay appela Quentin dans le petit bureau où il traitait ses bordereaux de fret.

« Vos camarades m'ont parlé de vos difficultés, Quentin. Il fallait le dire ! »

Il lui tendit une enveloppe.

« Vous ne devez rien à personne : c'est la gratte de l'équipe, le produit des caisses d'outillage vides qu'on revend à un emballeur... Toujours ça que cette bande de soiffards ne boira pas ! »

XIII

MARCHANDS de jouets anciens, libraires spécialisés dans les livres d'enfants et les bandes dessinées de collection, tout ce qui vit à Paris de la nostalgie dont se laisse envahir vers trente ou quarante ans un certain type d'homme apprit à connaître Tête-lourde. Il pénétrait dans la boutique en coup de vent, sur l'heure du déjeuner. Il parlait peu, n'écoutait rien, n'achetait que des objets appartenant à une époque très précise : de l'immédiate avant-guerre à 1942 : le reste n'existait pas à ses yeux. Aux divers marchés aux puces de la capitale, qu'il fréquentait assidûment, il n'accordait pas un regard aux bibelots d'art ni aux livres d'une réelle valeur, mais traquait la petite auto cabossée, aux essieux de guingois, ou le *Mickey* méconnaissable, mâchouillé et peinturluré par trois générations de gosses. Quand il exhumait une telle épave du carton d'un brocanteur, il la payait sans discuter le prix qu'on lui en demandait. Il lui importait peu qu'il manquât trois pneus ou quatre à un camion de laitier, ni même que la pièce fût rarissime ou tout à fait commune. Il ne s'inquiétait que de savoir s'il en avait possédé en son temps un semblable, si le jouet ou l'illustré qu'il venait de dénicher entrait dans la nomenclature sacrée des accessoires de son passé. Si cela était, aucune considération de coût ni d'état ne pouvait le détourner de l'acquérir aussitôt. Dans le cas contraire, il le reposait et poursuivait son chemin sans même répondre aux rabais précipités du « broc ».

Il tomba un jour chez un revendeur sur un lot d'albums remarquablement conservés, qu'il data du premier coup d'œil. Il y avait là *Mickey roi de Bamboulie, le Génial monsieur Poche, le Crabe aux pinces d'or* en noir et blanc (petite image collée), *Félix et Zizi,* quelques *silly symphonies* et de moindres merveilles. Son époque. Il n'avait pas eu tous ces titres, mais leur fraîcheur était telle qu'il ne put y résister. Il paya l'ensemble deux mille francs (de sa vie, hormis sa voiture, il n'avait encore rien acheté d'aussi cher). Il regagna son domicile en taxi, pressé qu'il était d'examiner à loisir ses emplettes.

Sitôt rendu, il se prépara du café, dégagea la table de tout ce qui s'y trouvait, déballa enfin les albums. Ils étaient neufs. Ces cartonnages impeccables, ces pages immaculées prouvaient qu'ils n'avaient jamais été lus. Provenaient-ils d'un fonds de librairie perdu puis redécouvert ? Ou bien l'enfant à qui on les avait destinés avait-il disparu, victime d'une maladie ou d'un bombardement, happé par une rafle, qui sait, s'il s'appelait Cohen ou Kitmacher ? Ou bien encore de sévères parents les avaient-ils confisqués, à peine le parrain gâteau qui les avait offerts avait-il eu le dos tourné ? Et les albums, cachés au fond d'une malle, auraient dormi trente-cinq ans dans le silence et la nuit d'un grenier, loin des jeunes mains qui auraient dû les fatiguer et les souiller de confiture et de chocolat... Tête-lourde palpa les pages jaunies, les dos toilés légèrement décolorés ; les plats mieux protégés luisaient comme au premier jour. Il ouvrit *Félix et Zizi*, se pencha pour humer l'étrange odeur, de neuf et de vieux à la fois, qui s'en exhalait. Mil neuf cent quarante et un ! Son père était mort depuis plus d'un an déjà. Sa mère vivotait de sa pension de veuve et de travaux de couture à domicile. Au mur de la cuisine, les assiettes tremblaient au passage de convois allemands. La vitrine du libraire du coin de la rue s'ornait du portrait du Maréchal et, les fêtes de fin d'année approchant, de beaux albums qu'il s'attardait à contempler en rentrant de l'école. *Le Crabe aux pinces d'or* venait de paraître. Sa mère le lui avait promis pour Noël.

Tête-lourde délaissa *Félix*, et tira le *Tintin* de la pile. Il chercha dans sa mémoire des images de ce dernier Noël. Ils avaient dû dîner dans la salle à manger, puisque c'était Noël — en tête à tête, puisqu'ils étaient seuls au monde. Elle avait à coup sûr descendu la crèche du grenier et décoré un sapin ou une branche de sapin avec les guirlandes, les boules de verre et l'étoile des années précédentes. Elle s'était probablement débrouillée pour améliorer l'ordinaire. Un poulet peut-être, un quart de mousseux ou d'Asti, une bûche ? Ils avaient mangé aux chandelles. Il avait trempé les lèvres dans le verre d'Asti de sa mère, puis, bien avant minuit, elle lui avait donné son cadeau. Il était grand déjà, sept ans, il ne croyait plus au Père Noël, elle n'avait pas jugé nécessaire de sacrifier au rite des souliers dans la cheminée. Et voilà, ils s'étaient embrassés, ils avaient prié ensemble pour l'âme de papa, ils s'étaient embrassés à nouveau, et elle l'avait couché... Il s'aperçut qu'il inventait ; sa raison avait vite pris le relais de sa mémoire muette. Le petit champignon de meringue, la feuille de houx en pâte d'amande ne fondaient pas dans sa bouche, l'Asti ne pétillait pas sur sa langue. Il ne voyait ni la crèche ni le sapin, ni même le visage de sa mère. Il les imaginait à la manière d'un romancier qui brode autour des éléments de base d'une situation : la solitude d'une mère et de son fils en ce Noël de guerre, leur volonté de nier ce soir au moins le désastre collectif et leur malheur particulier. Les yeux de sa mère avaient brillé sans doute, à la fin du repas, du doigt de vin qu'elle avait bu et du plaisir de faire cadeau à son fils du livre dont il rêvait. Mais son image, les joues rosies, les yeux brillants, dissimulant derrière son dos le paquet convoité, ne se dressait pas en lui spontanément. Une seule certitude : elle lui avait offert cet album, cet album-là. La lueur des bougies, le goût des mets, la voix, les mots, *Reprends un peu de gâteau, mon chéri, prends, prends, je n'en veux plus...* tout le reste lui demeurait inaccessible, enseveli en quelque poche trop profonde sous les strates depuis lors accumulées. Il n'était sûr de rien, que d'avoir tenu ce soir-là entre ses mains d'enfant, devant la cheminée où brûlait une flambée médiocre (mais de cela même il n'aurait pas juré) un album tout semblable à celui dont il tournait aujourd'hui les pages de ses larges mains d'adulte. Et comme alors, il s'arrêtait aux hors-texte, belles pleines pages en couleurs qui rompaient la continuité grise du récit ainsi que des anniversaires ou des fêtes dans le cours d'une année.

Négligeant de manger et fumant d'abondance, il scruta longuement ce soir-là chaque planche et chaque vignette de ces reliques d'un passé dont il avait espéré qu'elles lui livreraient la clé. Il se coucha enfin, las et déçu. Ces objets n'étaient que des objets. Obtuse, indifférente combinaison d'atomes. L'âme des temps révolus ne les habitait qu'au prix d'une hallucination volontaire. Il avait cru étreindre à travers eux son enfance brisée. Il n'avait baisé que la froide matière. Il n'avait touché que la plaie ouverte au flanc du monde, et par où tout s'enfuit.

Il avait vécu plusieurs mois de pêche au trésor, presque de quête mystique. Il alla désormais relever ses filets par routine. Le cœur ne lui cognait plus comme avant à la vue d'une boîte de cubes ou d'un tender de train mécanique. Souvent même il renonçait à acquérir telle ou telle vieillerie qui lui eût tiré des cris de joie quelques semaines plus tôt.

Autos, soldats de plomb, maquettes d'avion,

fascicules, albums et petits livres, mais aussi porte-plumes et plumiers, ardoises rayées et ébréchées, cahiers et manuels scolaires, il avait eu le temps de réunir un tel bric-à-brac qu'il avait passé commande d'une vitrine afin de l'y ranger. La livraison de ce meuble marqua la fin de cette période de sa vie. Il le fit dresser dans le living-room de son petit appartement, pièce vide où il pénétrait rarement. Il y entassa le butin de ses raids, et, dès lors, ne s'y intéressa plus guère.

Le charme était rompu. Tête-lourde cessa bientôt de courir les brocantes et les magasins d'antiquités. Il reprit, mais en traînant les pieds, son train-train quotidien. Sans qu'il s'en rendît compte, il se trouvait dans cet état de disponibilité, point si fréquent dans le cours d'une existence, dans lequel tout peut vous arriver. Le destin hésite, on dirait, ou feint d'oublier quel rôle il vous a destiné. Jean-Jacques Manoir regardait tomber les feuilles de son quarante-troisième automne avec ce désenchantement, cette impression d'avoir été floué — mais où, mais quand ? — qui conduisent parfois à des décisions extrêmes. Il aurait pu se tuer, à cette époque, ou s'amouracher de la première femme rencontrée, ou plaquer les Finances et s'enfuir au Tibet. Il aurait pu aussi tomber malade, car la maladie *occupe*, et récuse pour cause de futilité tout l'écheveau antérieur.

Le cas de Tête-lourde resta quelques semaines en suspens. Pressentant à maints signes le prochain déferlement d'une lame de fond d'immondices, il fuyait le sommeil et sortait à nouveau chaque soir. Il ne se réfugiait plus au cinéma comme avant. Son inquiétude s'aggravait, et ne cédait plus à ce dérivatif anodin. Il ne manquait pas d'argent ; il explora la nuit, la nuit irradiée des music-halls et des cabarets, des meetings sportifs et des concerts de rock and roll. Ainsi qu'un rat longtemps isolé à des fins d'expérience, rendu enfin à sa horde, observe et flaire ces étrangers qui lui ressemblent, il épia le grouillement des hommes dans la lumière des projecteurs comme sous les astres d'un firmament exemplaire. Il ne s'amusait pas : rien n'était plus éloigné de sa mentalité que la notion de « partie de plaisir ». Mais une soudaine curiosité s'était éveillée en lui, et balayait ses habitudes de vieux garçon rangé. *Les vivants !* Ils étaient là, les insatiables, ceux qu'un élan vital plus affirmé jette sans cesse hors de chez eux, hors d'eux-mêmes, dans la rue, sous le ciel. *Ne t'endors pas, tu vas mourir un jour ! Sors, va danser, la vie c'est maintenant ; les sons et les couleurs, les mets et les mots, la chair tendre des filles et des garçons, c'est maintenant, maintenant qu'il faut les saisir...* Tête-lourde, toujours lunaire, aussi déplacé qu'un huissier dans une orgie, traversait la nuit survoltée d'un pas de fonctionnaire. S'il détonnait parfois un peu trop, parmi la foule plus homogène de telle ou telle discothèque *gay* ou *punk,* il s'en apercevait lui-même et s'éclipsait bientôt. Mais la plupart du temps nul ne lui prêtait attention. Il réglait sa consommation, se rencognait à un angle du bar et passait là une heure, deux heures, assourdi, bousculé, ébloui, distrait de lui-même par le spectacle de la joie des autres. Il n'eût pas mis les pieds sur la piste pour un empire. Il n'avait jamais dansé, et comprenait mal le plaisir qu'on prenait autour de lui à ces tressautements. Il croyait deviner qu'il fallait être très différent de lui pour s'exhiber avec cette candeur ou cette liberté. Ces gens, leur corps ne leur était donc pas ce boulet qu'il traînait pour sa part si péniblement ? Il les jalousait, non sans les juger et peut-être, tout au fond de lui, les mépriser un peu. Il enviait leur veulerie heureuse, leur naïve obscénité. Il se souvint des aventures de sa jeunesse... Il n'avait jamais *séduit ;* les quelques femmes qu'il avaie eues, il les avait enlacées presque par hasard, comme on cueille un fruit à sa portée sur une branche. On n'aurait pas traversé la route pour ça.

Partout, chez tous, les célèbres et les obscurs, le guitariste nourri de sandwiches ponctuant ses riffs d'attitudes hiératiques, le boxeur martelé pour quelques centaines de francs et son nom en petits caractères au bas d'une affiche bientôt délavée, la strip-teaseuse jouant crânement son avant-dernière carte contre l'universel adversaire, il découvrait l'âpreté à vivre des êtres. Nuit après nuit ils sautaient à la gorge du présent. Comme un sanglier brise d'une charge l'encerclement des chiens, il les boulait dans la poussière et les laissait, rompus et haletants, à la lisière du jour. Tête-lourde assistait de loin à la mêlée, puis, songeur, regagnait sa voiture et son lit.

Son lit ! C'était là que la vie finissait toujours par l'acculer. Les autres, soupirait-il, y goûtaient un repos bien gagné... L'épreuve commençait, pour lui, où s'arrêtaient les leurs. Après la phase émerveillée du resurgissement, le miroir se brouillait à nouveau. Par pans entiers, certaines nuits, la demeure de mémoire s'effondrait. Les fantômes de pierre avaient disparu, ou bien il en retrouvait sous ses pas des fragments, une main, une jambe, un buste fracassé. Il errait dans les pièces envahies de gravats. Des éclats de brique rouge constellaient la blancheur des plâtres crevés. D'épais nuages de particules en suspension dans l'air lui desséchaient la gorge et lui piquaient les yeux. Des canalisations éventrées s'exhalaient des odeurs pestilentielles, évocatrices d'anciens cauchemars. Des bruits sourds ébranlaient les murs encore debout. Les fondations tremblaient, travaillées de mouvements profonds. Suffoqué, éperdu, il avançait à l'aveuglette, les bras tendus, les mains ouvertes. Pour la première fois il appelait à l'aide dans le sanctuaire. *Quelqu'un ? Quelqu'un ? Réveillez-moi,* suppliait-il, et les plafonds lézardés répercutaient longtemps sa voix.

XIV

HUGO, avant de sortir, avait enfermé les chiens dans une pièce vide de l'étage. Sans doute hurleraient-ils toute la journée, affolés du remue-ménage qu'on ferait autour d'eux ? Au moins, ils ne mordraient personne, et il était sûr, ainsi, de les retrouver tous les deux en rentrant.

Il avait pris sa journée. Il ne se serait pas supporté du matin au soir à la bibliothèque. Le chèque de la commission d'indemnisation était arrivé quelques jours plus tôt. Il avait déposé la somme sur un compte en banque ouvert tout exprès. Il disposait déjà du chéquier. Il avait résolu de s'étourdir. Seul un beau gâchis d'argent pourrait le distraire. Il ne se refuserait rien. Il avait la ferme intention de se conduire en nouveau riche, et dans le taxi qui l'emportait vers Paris — ah ! non, pas de train aujourd'hui, pas de métro ! — il s'exhortait à la dépense, à la folie, en pauvre qui se méfie de ses réflexes.

Il n'avait pas le don de munificence, décidément ! Il commença, non sans rougir, par laisser dix francs de pourboire au chauffeur. L'homme le remercia, mais Hugo dut s'avouer, en s'éloignant, qu'il ne trouvait guère la sensation enivrante.

Puisqu'il était censé se gâter aujourd'hui, se combler lui-même de cadeaux pour se consoler de son déménagement, il s'était fait conduire à Saint-Michel. Car il était à peu près incapable de convoiter autre chose que des livres. Il aimait assez la musique, mais le disque ne s'auréolait pas, pour lui, du même nimbe précieux. Il en va des bibliothécaires comme des prêtres : il y a les simples officiants et les mystiques. Il comptait pour sa part au nombre des mystiques. Des mystiques, ou des mystifiés ? Il s'était parfois efforcé de réfléchir au rôle que jouait dans sa vie l'amour des livres. Car enfin, qu'il s'agît de ceux qu'il manipulait et gérait à longueur de temps sur son lieu de travail, de ceux qu'il ne cessait d'acheter pour son propre compte, ou encore de ceux qu'il avait rêvé d'écrire et dont un seul, ce malheureux petit volume de contes, avait vu le jour, les livres avaient toujours constitué sa seule passion, son seul plaisir, son obsession. Il vivait plus envahi, plus imprégné de livres qu'un banquier d'argent, ou qu'un boucher de sang ! Non content des caisses de nouveautés qui déferlaient chaque semaine sur son service, il courait encore les quais ses jours de congé, et passait régulièrement chez quelques libraires d'occasion... Bien sûr il avait toujours aimé lire. Enfant unique entre deux vieillards, il s'était vite réfugié dans la lecture.

Ou bien fallait-il dire au contraire qu'il s'y était risqué ? Le livre était la porte de l'Aventure. Dans la maison silencieuse de ses grands-parents, il suffisait de pousser cette porte pour déboucher sur le tumulte de la vie, qui paraissait un instant plus tôt si lointain. Passé cette porte, Hugo foulait au pied la grève de l'île au Trésor, arpentait la lande d'Écosse avec Rob Roy, sillonnait la steppe au côté de Michel Strogoff : la vraie vie était dans les livres.

Il y avait encore autre chose. L'amour des livres — de ces livres-là — représentait son seul terrain d'entente avec son père, ce père qu'il voyait si peu, quelques semaines chaque année, en Bretagne, pour les vacances. ·Les œuvres de Jules Verne et de Dumas, celles de Stevenson, de Walter Scott, de Fenimore Cooper, de Jack London, tapissaient l'étroite cabine de *Motutunga.* Hugo, imitant son père, parlait du yacht ainsi que d'un être vivant. *Motutunga* était bien plus que le bateau et la résidence habituelle du père de Hugo : c'était aussi son âme. Une âme de bois verni, de cuivre et de toile. Une âme farouche, qui ne restait jamais longtemps à quai. Cet homme-là détestait la terre. Elle l'avait pris au piège, un jour, et l'avait gardé trois ans dans sa gueule, là-bas en Allemagne.

Là-bas, pour survivre, il avait mangé de l'herbe, des lambeaux d'écorce, du chien. Là-bas on lui avait cassé toutes les dents à coups de nerf de bœuf, parce qu'il avait voulu s'évader, regagner les côtes tièdes et grises de l'Atlantique, au bord duquel il était né. Il ne voulait plus rien savoir de la terre, dans laquelle s'enfoncent si aisément les poteaux de béton des enceintes électrifiées, sur laquelle s'appuient si bien les murs des prisons. L'Europe tout entière lui apparaissait sous les traits d'un gigantesque nénuphar vénéneux, carnivore, happant les hommes ainsi que des insectes. Alors, par une opération magique, il avait accouché de son âme, formidablement comprimée au cours de ses années de camp. Il l'avait expulsée de son corps, sous la forme d'un bateau, *Motutunga,* un petit yacht dans lequel il avait englouti tout ce qu'il possédait et aussi tout ce que possédaient quelques femmes éprises de ce rescapé, de ce forcené. Et il habitait à bord de son âme errante, croisant hors d'atteinte du monstre Europe qui l'avait martyrisé, avec dans sa cabine les livres de son enfance retrouvée, reconquise à son retour des camps.

La mémoire amplifie et généralise : de quelques heures parfois elle fait un été, et de quelques jours une époque. Hugo n'était pas souvent monté à bord de *Motutunga.* Il avait dû passer un ou deux après-midi à lire, chaque été, blotti sur la couchette du bateau dansant sur son ancre, et dans son souvenir c'était, jour après jour, des mois entiers. Vers le soir, étourdi, un peu écœuré du remugle d'huile et de saumure qu'il avait respiré dans l'air confiné de l'habitacle, il regagnait la terre à bord d'un youyou qu'il menait d'une godille maladroite. Son père, en principe, ignorait ces visites : Hugo s'y livrait en son absence. Il se trahit, une fois, en oubliant son harmonica sur le pont. Mais n'était-ce, plutôt qu'un oubli, une offrande symbolique, un acte d'allégeance ? N'avait-il pas voulu, ainsi qu'un animal balise son territoire de son odeur, laisser sa marque à bord du yacht et dans le cœur d'un père trop distant à son gré ? Las ! Il avait retrouvé l'harmonica au même endroit quelques jours plus tard, déjà rongé de rouille et inutilisable. Son père, en lavant le pont à grande eau, n'avait pas épargné l'instrument. Le gamin s'était révolté. C'était son totem, qu'on n'avait pas daigné ramasser, qu'on n'avait pas distingué du tout-venant des objets profanes, qu'on avait trempé d'un seau d'eau salée, écarté d'un négligent coup de faubert. Son père l'avait rembarré et comme Hugo, hors de lui, s'entêtait à récriminer, il lui avait flanqué son pied au cul ! L'enfant avait boudé plusieurs jours. Il n'adressait plus la parole à personne, et fuyait dès l'aube la maison qu'on louait chez les fermiers. Par les landes et la grève, traînant partout avec lui le lingot de rouille qui avait été son harmonica, il remâchait son humiliation, son anéantissement. Puis, en apparence, tout finit par rentrer dans l'ordre. Mais Iago de Saint-Aubigny, le poète maudit, le double grandiloquent et ridicule de Hugo était né là, sans doute, dans la souffrance et la rancœur.

Il était tôt. Dans sa hantise de l'arrivée, de l'intrusion des déménageurs, Hugo avait quitté les lieux aux aurores. Il avait arrangé la veille les derniers détails avec l'estimateur. Il avait signé la décharge, déposé un double des clés du pavillon et de celles de son nouvel appartement de la Cité Allende, insisté sur le fait qu'on ne devait sous aucun prétexte pénétrer dans la chambre des chiens.

Ce soir, la maison serait vide, et dans trois jours les démolisseurs la jetteraient à bas. La pensée l'effleura, un instant, qu'il aurait pu trouver là sa délivrance. Le poids du passé s'ôtant par miracle de ses épaules, cet argent lui tombant du ciel... Trente ans, point de soucis, que ne saisissait-il cette chance ! Il eut un petit ricanement amer. Il se savait, il se sentait vieux. Lui eût-on dit qu'il mourrait bientôt, emporté en quinze jours par une de ces maladies expéditives qui ne vous laissent le temps de rien quand elles se déclarent, qu'il ne se fût même pas rebiffé. D'ailleurs, il s'attendait plus ou moins à quelque chose de ce genre, depuis des années déjà. Une trappe qui s'ouvre sans crier gare, trois pas devant vous, et l'on y plonge, fasciné, consentant. *Déjà ? Bon, puisque c'est ainsi !* Il y avait du malade imaginaire en lui. Il se tâtait, il s'écoutait avec méfiance, prenant volontiers les légers détraquements causés par une mauvaise hygiène de vie pour les signes avant-coureurs du pire. Et peut-être n'avait-il pas tort, en cela, mais il négligeait d'y remédier à temps. Au fond, il ne faisait rien de sa vie qui pût le convaincre de la ménager. Et surtout il avait le pressentiment qu'il approchait du terme de l'histoire et du voyage. Le dieu qui lance les âmes ainsi que des cailloux, d'une main tour à tour puissante ou languide, n'avait pas lancé la sienne assez fort. Elle n'était même pas montée assez haut pour apercevoir sa cible. Sa courbe fléchissait déjà. Elle allait retomber ; la pesanteur tendait ses filets invisibles. La phase de ferveur initiale, chez lui, avait été d'une cruelle brièveté. Sa volonté de puissance, son instinct vital, s'étaient éteints avec ses espérances littéraires. Si rien de grand, peut-être, ne naît que d'un premier échec, et chez des êtres capables d'un second élan, le sort ne lui avait accordé de souffle que pour un seul assaut. Celui-ci repoussé, il errait désormais en arrière du front où s'empoignent les vivants, dans un désœuvrement et un ennui de vaincu et d'éclopé, prêt à renoncer sous le premier prétexte, accident, maladie, à ses consolations ultimes : son métier, ses chiens et ses livres.

Il chassa ces pensées d'un haussement d'épaules, et entra dans une grande librairie où il avait ses habitudes. Il avait pris soin, outre son chéquier, de se munir de quelques milliers de francs en liquide. Déambulant par les rayons, il piqua çà et là des volumes, d'abord des nouveautés onéreuses, puis des albums illustrés à l'acquisition desquels il hésitait d'ordinaire. Enfin, les bras chargés, il se présenta à la caisse ; ç'aurait dû être une fête, une joyeuse razzia. En vérité, c'était sinistre ! Un pillage morne, un empiffrement mécanique, forcé, qui lui coûta six cent francs d'entrée de jeu. Il s'obstina pourtant, et répéta l'opération dans deux autres librairies. Bientôt, ployant sous le poids des volumes, il put à peine marcher. Il s'arrêta dans un café, pour se reposer un moment et faire le point devant un grog. Il était dix heures moins le quart. Il avait dépensé deux mille francs. Il s'embêtait à périr. Il eut une pensée pour la maison, le havre de toute sa vie qu'en cet instant on devait mettre à sac. Qu'allait-il retrouver ce soir ? Sa mémoire désaffectée, un hangar poussiéreux et vide, hanté des couinements désolés des chow-chows. Et dans son deux-pièces de la Cité Allende, ses meubles et ses hardes empilés, ses livres en caisses, son enfance et son adolescence en vrac, les objets nettoyés de leur halo de souvenirs, abêtis, ravalés à une matérialité brute, un entassement de brocantaille, un magma sans esprit, sans magie, tout ordre ou désordre sacré rompu, le monde nu, le monde vrai, un cauchemar.

Il s'aperçut qu'il s'était placé lui-même dans une situation intenable. On ne peut entreposer dans un appartement minuscule le mobilier d'une maison de huit pièces, et prétendre mener une vie normale dans ce capharnaüm. Il ne s'était même pas soucié de savoir si les armoires rustiques, les bahuts énormes, le buffet de chêne de ses grands-parents entreraient dans les pièces exiguës d'une H.L.M. L'inconséquence de sa décision le frappait à présent, et le rouge lui montait au front rétrospectivement. L'estimateur avait dû le prendre pour un fou, ou pour un imbécile. Ne lui avait-il pas redit, hier encore, avec un drôle de sourire que Hugo n'hésitait plus aujourd'hui à qualifier de « foutant », qu'il lui serait toujours loisible d'avoir recours au garde-meuble, s'il se jugeait finalement trop à l'étroit ? Eh, bien sûr, il lui serait toujours loisible de lâcher à nouveau cinq ou six mille francs !

Hugo, accablé, avala une gorgée de son breuvage tiède. Sa sottise lui apparaissait dans toute son ampleur. Non content de lui coûter fort cher, son refus de trancher d'emblée dans le vif, de sacrifier une partie au moins du mobilier, lui vaudrait un redoublement d'embarras. Il faudrait reconvoquer l'estimateur et supporter ses airs de supériorité, comme d'un joueur d'échecs qui vous a prévenu de ne pas tenter contre lui telle manœuvre puérile ; vous avez passé outre, et tant pis maintenant, vous êtes cuit ! Vous aimeriez l'étrangler, mais non, fair-play, la rage au cœur, vous lui faites bonne figure.

Pis que tout, Hugo comprit qu'il ne pourrait se soustraire à ce tri, à cet inventaire des meubles, des objets, des livres, des papiers, des vieilles lettres, qui lui répugnait ainsi qu'un sacrilège... C'en serait bien fini, alors, de la forêt pétrifiée du passé, de l'existence de gardien de musée négligent dans laquelle il se complaisait. Comme s'il s'était peu à peu momifié, depuis la mort de ses grands-parents, que les battements de son cœur se fussent au fil des ans ralentis, qu'il eût atteint une sorte de nirvana, une ataraxie somnolente, et qu'un coup de gong eût soudain retenti, le rappelant à l'inquiétude et à la vie, il sursauta sur son siège de café, devant son verre de grog, et jeta autour de lui des regards effarés de dormeur arraché d'un rêve.

XV

L'ENVELOPPE contenait deux cents francs. Ainsi se trouva résolu le plus pressant des soucis de Quentin, celui du transport. Paradoxalement, cette aubaine eut pour effet d'aggraver sa situation en ce qui concernait la nourriture, car il n'osa plus faire main basse sur les restes de la tablée. Ses cartes de métro et de train ayant englouti la quasi-totalité de la somme, il se vit réduit à dîner soir après soir de tartines de margarine et de café en poudre.

Cette pitance avalée, il poussait le loquet de sa porte. Il se blottissait dans son sac de couchage et contemplait longtemps, à la flamme d'une bougie, l'emblème de givre que l'hiver avait imprimé sur la vitre de l'œil-de-bœuf. Et parfois, avant que la fatigue n'eût raison de lui, il lui arrivait d'y percevoir des messages émis, en lui, du plus lointain, de ces allusions bouleversantes du demi-sommeil qui rallument toutes lampes aux fenêtres du passé, ce passé qu'il considérait à l'ordinaire sans tendresse et qui lui était soudain restitué dans son premier frémissement.

Ces soirs-là, seul au monde, un vent glacé sifflant et miaulant autour de son galetas, Quentin atteignait à une énigmatique sérénité, à un bonheur sans cause et sans espoir. Il était là, simplement, spore ou escarbille lancée au hasard, happée, bientôt dissoute dans l'immense brassement des astres... Il était là, unique et multiple, éternel éphémère, et ses jours tournoyaient autour de lui comme des pétales de fleurs, comme des flocons de neige, comme les plumes d'un oiseau foudroyé. Le jour où il s'était allongé sur le dos, à même le sol d'un jardinet en friche, sous le dôme profond du ciel, et où il avait pour la première fois ressenti l'étrangeté de tout cela, ce ciel là-haut griffé d'oies et d'avions, lui ici-bas mâchonnant un brin d'herbe. Le jour où, adolescent encore, il avait entraîné une gamine dans les collines des alentours d'Éparvay. Il pleuvait à seaux. Quelle idée stupide il avait eue là ! Elle avait espéré qu'il l'embrasserait, mais il avait trop attendu, ils avaient marché longtemps par des sentiers boueux, et quand il s'était enfin décidé elle avait refusé.

« Non, plus maintenant ; pas avec des chaussures qui font flic-flac... »

Et ils avaient continué à marcher, trempés, bleus de froid, la goutte au nez et tristes à mourir, un drôle de petit couple inabouti sous la pluie, dans leurs chaussures qui faisaient flic-flac.

Ces soirs-là, Quentin, réconcilié avec le monde par la grâce d'un vol d'oies sauvages au-dessus d'un jardin à l'abandon, par le souvenir du flic-flac des souliers mouillés d'une fillette, s'endormait avec une confiance d'enfant.

Vint le moment où on lui versa quelque argent. Il n'avait pas travaillé un mois entier, et son salaire fut amputé d'un tiers, mais, s'il souffrait toujours du froid, s'il demeurait à la merci d'une expulsion, il mangeait du moins à sa faim. Il put, un samedi matin, louer une machine dans une laverie automatique afin d'y blanchir son linge. Le même jour, il retourna au marché aux puces. Là, après mûre réflexion, il se décida pour un caban (la mode en étant passée, on les bradait), un blue-jean et une paire de bottines en simili-cuir. Il acheta encore un broc, car il avait découvert sous le porche d'un immeuble ancien, à une distance raisonnable du chantier de la Faculté, un robinet aisément accessible. Ce ne fut que le mois suivant qu'il disposa de la somme nécessaire à l'acquisition du radiateur à gaz qu'il convoitait. Il attendit la nuit pour le hisser, sans aide, jusque dans sa chambre, puis il se rendit au Garigliano afin de s'y procurer une bonbonne de gaz butane, un détendeur et un tuyau. Il lui fallut encore peiner quelques minutes pour raccorder l'appareil à la bonbonne. Enfin une bonne chaleur se répandit dans la pièce. Il dîna seul dans la pénombre face à la grille incandescente. Quand, tout somnolent déjà, il se leva pour se déshabiller, il vit que la plaque de givre de l'œil-de-bœuf avait commencé de fondre sous l'effet de la chaleur, comme s'abolissent les fantômes à l'approche du jour.

A quelques jours de là, bien que cet achat lui eût tout juste laissé de quoi se nourrir et se déplacer jusqu'à la fin du mois, il résolut de s'accorder l'extra d'une séance de cinéma. Sans chercher plus loin que l'unique salle du quartier, il assista un soir à la projection d'une pantalonnade à la française. Il ne tarda pas à s'abandonner à la gaieté ambiante. Son rire d'abord timide — il revenait de loin, quand même, et se faisait un peu l'effet d'un convalescent ou d'un rescapé qui rejoint enfin la troupe des rieurs — se transforma vite en fou rire nerveux. Il contrôlait si peu sa joie qu'il s'esclaffait hors de propos, jusque pendant les intermèdes que l'action ménageait entre deux séries de gags. Ses voisins l'imitèrent malgré eux après un instant de surprise. La salle explosa quand, sur l'écran, un acteur prononça par coïncidence une réplique qui résumait à point nommé l'opinion de l'assistance au sujet de Quentin : *Il y en a, je vous jure !*

Cependant, les larmes aux yeux, les muscles de la nuque et de la gorge broyés dans un étau que chaque spasme resserrait encore, l'intéressé tentait désespérément de reprendre son souffle. En vain ; il étouffait, cramponné aux accoudoirs de son fauteuil, et la pensée le traversa qu'il allait mourir, là, dans l'obscurité, au milieu de cette foule hilare. Soudain, alors qu'il était sur le point de défaillir, il sentit que quelqu'un l'empoignait aux épaules, l'arrachait de son siège, le tirait comme un ballot de son vers l'allée centrale. Il écrasa au passage des pieds et des genoux ; un concert de protestations s'éleva de la travée labourée. L'un poussant l'autre à présent, les deux hommes descendirent plusieurs marches à l'aveuglette. Enfin, à la lumière du hall, l'inconnu gifla Quentin à toute volée. Celui-ci faillit tomber à la renverse.

« Excusez-moi, mon vieux, grommela l'autre en le retenant par le col. Vous n'êtes pas cardiaque, au moins ?

— Non, non... Merci, articula Quentin au bout de quelques instants. J'ai bien cru que j'allais crever de rire pour de bon !

— Alors, je ne suis pas très sûr de vous avoir vraiment rendu service...

— Si, tout de même ! Quand vous êtes intervenu, je n'avais plus du tout envie de rire... Mais vous devriez regagner votre place, sinon vous allez manquer la suite du film.

— Aucune importance. J'étais entré par désœuvrement, et m'amusais beaucoup moins que vous. Voulez-vous boire quelque chose ?

— Euh... Oui, mais c'est moi qui vous invite, bien entendu.

— Oh ! vous ne savez pas à quoi vous vous exposez là ! Au fait, nous ne nous sommes pas présentés... Hugo C., bibliothécaire.

— Quentin D., ouvrier... enfin, O.S., répondit Quentin. Enchanté !

— Enchanté ! »

Ils quittèrent le hall du cinéma, et, d'un bon pas, remontèrent ensemble la rue.

Au Garigliano, les habitués du samedi soir occupaient toutes les tables. Les nouveaux arrivants s'installèrent au bar, d'où ils observèrent un instant les joueurs de billard.

« J'ai toujours été fasciné par la virtuosité, laissa tomber Hugo. S'il m'était donné de recommencer ma vie à zéro, je choisirais une discipline, le violon ou le billard, ou les claquettes, peu importe au fond, et dans cette sphère, comme en un cloître, j'atteindrais la perfection... Mais qu'allons-nous boire ? »

Il entreprit de déchiffrer l'une après l'autre les étiquettes des bouteilles exposées, avec la curiosité gourmande d'un gamin lâché dans une confiserie.

« Voyons, que diriez-vous d'une prunelle ? Ou d'une fine ? »

Quentin, que la dépense effrayait, bafouilla qu'il ne supportait pas ces trucs-là, et qu'il se contenterait d'un demi à la pression. Son compagnon finit par se décider pour une gentiane. Après une première gorgée attentive, son contenu ne lui paraissant mériter aucun commentaire, il vida son verre d'un trait et commanda aussitôt un cognac.

« Ainsi, vous êtes O.S. ? Félicitations, c'est très à la mode ! Mais vous ne vous exprimez pas comme un O.S. Je parie que vous avez fait des études... Entrisme ? L.C.R. ? O.C.I. ? »

Quentin dévisagea d'abord Hugo sans comprendre. Puis il se souvint d'avoir entendu parler de ces étudiants qui entraient en usine, devenaient ouvriers par idéal politique, pour lutter « à l'intérieur de la bête ». Il eut un sourire amer.

« Non, rien de tel. Je coulais à pic ; un ami m'a trouvé ce job, comme on lance une bouée de sauvetage à un homme qui va se noyer.

— Vous couliez. La drogue ? Les femmes ? Le jeu ? Les petits garçons ? »

Quentin rougit violemment.

« Vous êtes fou ? Qu'est-ce qui vous prend ?

— A quoi sert de parler, si ce n'est pour dire la vérité ? Vous n'aurez pas une autre vie pour la dire... C'est maintenant ou jamais pour tout, vous comprenez ? »

Quentin réfléchit un instant et haussa les épaules.

« Rien de tout cela ; moi, c'est autre chose. Disons : la paresse, ou plutôt le sommeil. Voilà ! J'ai sommeil dans la vie ; j'ai du mal à garder les yeux ouverts... Tout ça m'embête.

— Tout ça quoi ?

— Tout. Manger, marcher, travailler, s'amuser. J'ai toujours l'impression d'avoir mieux à faire, *là-bas*... »

Quentin, qui parlait peu d'ordinaire, et surtout pas de lui-même ni de rien d'intime, ponctuait ses phrases de gestes à la fois amples et vagues, comme s'il avait tenté de rassembler, épars autour de lui dans l'atmosphère enfumée du café, le duvet d'un édredon éventré. Il s'en avisa, perdit contenance et se tut.

Hugo but ce qui restait de cognac au fond de son verre et appela la patronne.

« Vous ne buvez pas ? Votre bière va tiédir. Buvez, voyons ! Ne vous inquiétez pas de la note !

— Je... C'est moi qui vous invite, protesta Quentin.

— Soit, vous m'avez offert le premier verre. Les autres sont pour moi. Buvez ! Il faut boire, ne serait-ce que par hygiène ! L'esprit s'encrasse, comme une machine. Nous filtrons du temps, non ? Il faut nettoyer le filtre.

— C'est vrai, acquiesça distraitement Quentin ; la vie moderne...

— Eh ! Qui vous parle de ça ? Je vous en prie, laissons la « vie moderne » aux éditorialistes et aux médecins-conseils. Moi, je ne connais que la vie, la vieille, la sempiternelle... »

Ils parlèrent, ou plutôt Hugo parla longtemps, non sans continuer d'ingurgiter une effrayante quantité de cognac. A la longue, l'alcool ternit l'éclat de ses yeux, ralentit et empâta son élocution. A minuit et demi, il en renversa sur sa manche. A une heure du matin, alors que les joueurs de billard s'apprêtaient à se séparer et que la crainte de ne pas entendre sonner son réveil tournait à l'obsession chez son interlocuteur, son verre lui échappa et se brisa à ses pieds.

Le patron présenta une addition fabuleuse qu'Hugo, au vif soulagement de son compagnon, régla sans sourciller. A peine furent-ils sortis du café que les jambes du bibliothécaire se dérobèrent sous lui. Quentin l'adossa à la devanture.

« Vous habitez loin d'ici ?

— Je n'habite plus... plus nulle part ! Trop long à vous expliquer. Ne vous occupez pas de moi, je dormirai très bien sur un banc.

— Par ce froid ? Vous êtes fou ! »

Les lumière du Garigliano s'éteignirent. Quentin se mordit les lèvres. Il n'allait tout de même pas abandonner ce type sur le trottoir par cette nuit glaciale !

« Bon. Appuyez-vous sur moi. »

Bientôt en sueur en dépit de la température hivernale, jurant et ahanant, il entraîna l'ivrogne vers la brèche de la palissade.

XVI

MANOIR acheta un revolver. Il recevait tous les ans le catalogue de la centrale d'achat de son ministère. Il le feuilleta, s'arrêta un instant sur une double page consacrée aux armes de chasse et de tir, et passa outre. Cependant, en une zone obscure de son être, l'idée dut faire malgré tout son chemin. Trois jours plus tard, comme il établissait le chèque par lequel il réglait chaque mois son loyer, il en remplit presque distraitement un second à l'ordre de la coopérative des fonctionnaires. L'arme était d'un calibre nécessitant la délivrance d'un permis de détention, mais la centrale effectuait toutes les démarches pour le compte du client.

Tête-lourde n'y pensait déjà plus quand le colis contenant son revolver lui parvint. Sans prendre la peine de l'ouvrir, il le rangea au fond d'un placard en maugréant contre lui-même et contre cet achat imbécile. Il n'avait aucun besoin de cette pétoire ! Elle ne lui servirait même pas à assurer sa défense si on l'agressait à nouveau dans la rue, puisque son permis ne l'autorisait qu'à la détenir à son domicile ! Et ce caprice lui coûtait, combien déjà ? Quelque huit cents francs ! Ah ! bravo.

Il serait bientôt l'heure d'aller dîner. Il haussa les épaules et changea de chemise. Il en changeait ainsi chaque soir, avant de gagner son restaurant favori. Il avait pris cette habitude au contact de certain chef de division un peu lancé. L'ayant entendu dire qu'on ne peut, décemment, porter la même chemise du matin au soir, Tête-lourde avait rougi de s'être contenté si longtemps d'une chemise par jour. Mais, pour dire la vérité, il remettait le lendemain matin la chemise enfilée la veille au soir.

Il s'apprêtait à sortir, il tendait la main vers la poignée de la porte, quand une impulsion subite le fit revenir en arrière. Il sortit le colis du placard, l'ouvrit, chargea rapidement le barillet de l'arme et la glissa dans sa poche.

Le cœur battant, il marchait à présent sur le boulevard. Des clichés tirés de ses lectures policières tournaient dans sa tête. *Un homme armé dans la nuit. Un danger dans la ville.* Il ne tarda cependant pas à se reprendre, et la sotte exaltation qui l'avait saisi se dissipa. Il comprit tout à coup que c'était d'abord pour lui-même qu'il constituait un danger. Les rôdeurs, les voyous qui l'effrayaient tant depuis que trois d'entre eux l'avaient attaqué ne comptaient pas : des ombres, des reflets. L'ennemi était en lui-même ; ce petit garçon qui n'aurait pas dû survivre, trente-cinq ans plus tôt. Il sentit contre sa cuisse le poids du revolver, et ses cheveux se dressèrent sur sa tête. Il sut qu'il courait un risque mortel, avec la même certitude que si l'arme avait été braquée sur sa tempe. Et, désespérément, devant son petit juge fantomatique, il plaida sa cause. Allons, cette vie n'était pas si mauvaise ! Elle recelait encore quelques joies, oh, certes, d'une sorte bien modeste, mais quoi ? Est-ce qu'il en existait vraiment d'autres ? Que pouvait-on espérer de mieux, sur terre, qu'un coq au vin réussi, avec sa garniture et une bouteille de bonne cuvée ? Ou bien un bilan d'entreprise complexe, juteux à souhait, un beau gros dossier de fraudeur farci de mensonges qu'on perçait à jour un à un ? Ou tiens, les femmes ! Et bon, il s'était un peu encroûté ces dernières années, mais il n'était pas encore si décati ; sa situation aidant, il se faisait fort de plaire à telle ou telle jeune stagiaire... Et sans aller jusque-là, la simple joie d'exister, d'être là où l'on respire ! Une promenade sur les quais, un rayon de soleil, l'eau qui scintille entre les arbres... Et puis il avait peur ; il ne voulait pas de ce coup de marteau absolu sur sa tempe ! La cervelle gicle. Il l'avait vu de ses yeux en Indochine. La boîte crânienne éclate autour de l'orifice de sortie du projectile, et des fragments de matière cervicale en sont expulsés, comme la sanie d'un abcès. Bien sûr il n'y serait déjà plus, mais cet éparpillement lui faisait horreur. Le contenu de sa lourde caboche, le souvenir des noms et des visages, des odeurs et des voix, l'image en lui seul inscrite de la maison du bonheur, le plus clair de sa vie jaillirait sous le choc et laisserait sur le trottoir une traînée malpropre. Enfin il redoutait la tombe. Ce n'est pas tout de mourir ; on vous enterre, on vous enferme, comme pour vous punir. Il aurait moins tremblé s'il avait été sûr de pourrir en paix sous le ciel, en un lieu isolé. Sous le ciel, tout suit simplement son cours, non ? Au fond, vous n'avez rien quitté. Comme hier le jour et la nuit se succèdent, et les astres sont là qui vous veillent. On dort, on s'évapore avec la rosée, bientôt réduit à rien, gisant soluble, silhouette esquissée que les intempéries effacent à légers coups de gomme.

L'enfant n'écoutait rien. Il y avait eu un temps et un lieu, où vivre avait revêtu tout son sens. Alors, l'univers tournait autour d'un pavillon de pierre meulière, blotti sur quelques arpents entre deux villas ventrues qui le noyaient dans leur ombre, comme une roue autour d'un axe. Toute chose au monde n'était que le reflet dénaturé d'une autre, enclose au jardinet d'Eden. Deux poissons rouges rêvaient dans un bassin minuscule entre les feuilles pourrissantes. Des serins pépiaient sur l'appui de la fenêtre. Un chat très malin et un corniaud trop confiant se poursuivaient sur la pelouse. L'air était plein de coccinelles et de papillons. Un Adam de sept ans vivait là, nourri de pâtes de fruits et de baisers. L'axe s'était rompu, la roue grinçait, et l'enfant, seul témoin de l'originelle harmonie, méprisait les mornes plaisirs de l'adulte. Des plats en sauce, de vagues greluches, des déclarations d'impôt ! Est-ce là, vraiment, ce qui t'attache au monde ? Autrefois tu buvais l'élixir qui sourd des arbres à la tombée du jour. Tu mangeais le vent parfumé d'avoir balayé les allées du potager. Tu étreignais les héroïnes de tes premiers livres... Souviens-toi, elles portaient hennin ; elles t'attendaient dans des donjons vertigineux ! Pour les rejoindre, tu pourfendais les loups, les Maures et les félons. Tu n'en as plus rencontré qui t'aient fait battre le cœur aussi fort.

Tête-lourde avait dépassé le restaurant. Il s'en avisa et revint sur ses pas. Comme il arrivait à proximité de l'établissement, il changea d'avis. Reconnaissant sa voiture garée un peu plus loin en bordure du trottoir, il courut s'y réfugier. Machinalement, il mit le contact. Il roulait peu, ces jours-ci. La batterie commençait à donner des signes de faiblesse. Il n'avait pas faim ; une petite balade ne nuirait ni au véhicule, ni au conducteur. Il démarra, s'inséra sans trop de peine dans le flot de la circulation. Au premier feu rouge, il extirpa le revolver de sa poche et le fourra dans la boîte à gants. Il regretta, un instant, que celle-ci ne fermât pas à clé : il aurait jeté la clé par la portière.

Le feu passa au vert. Tête-lourde embraya. Au fait, rien ne l'empêchait de se débarrasser du revolver lui-même. S'engager dans une rue déserte, ouvrir la vitre, tendre la main vers la boîte à gants, s'emparer de l'arme, la lâcher hors de l'habitacle comme il faisait, un peu goujat, de ses paquets de cigarettes vides. L'enfant, tapi au fond de lui, ne broncha pas, et Manoir n'esquissa pas un geste.

Plus tard, il alluma la radio. Un speaker lisait les nouvelles. Le prix de l'essence allait encore augmenter. Tête-lourde fronça les sourcils. *Ils* exagéraient, tout de même ! Puis il se souvint qu'il ne remplirait probablement plus jamais son réservoir ; il lui restait bien assez d'essence pour terminer son voyage. Allons, c'était au moins ça de gagné ! Il se mordit les lèvres. Il eut peur, de nouveau. Une part de lui-même jouait avec l'éventualité de sa mort, tandis qu'une autre prenait les choses très au sérieux. Pour celle-ci, la cause était entendue. Il ne lui restait qu'à garer sa voiture n'importe où et à se tirer une balle dans la tête. Il aperçut une place libre le long du trottoir. Sa main, malgré lui, actionna le clignotant. Il s'arrêta, revint au point mort, puis, en marche arrière, amorça son créneau. Un léger choc suivi de tintements l'avertit qu'il avait brisé le phare avant gauche du véhicule devant lequel il essayait de se ranger.

Il jura, et, manœuvrant avec fureur son volant, se dégagea en hâte. Derrière lui, un chauffeur de taxi corna sa réprobation. Le rouge au front, Manoir accéléra. Il tourna précipitamment à droite et se coula dans l'anonymat d'une grande artère.

Il s'enfuit vers la banlieue. Il roulait à tombeau ouvert, lui d'ordinaire si timide au volant qu'il n'osait jamais dépasser. Et tant mieux si la police s'en mêlait ! Excès de vitesse, port d'arme prohibée, procès-verbaux, confiscation, gros ennuis, au trou, le fonctionnaire modèle ! Mais la police avait sans doute d'autres chats à fouetter. Il traversa la moitié de Paris à toute allure, sous les huées et les coups de klaxon, avant de déboucher sur un périphérique bondé comme un soir de grand retour. Un poids lourd avait broyé une voiture particulière. L'agonisant, Manoir l'entrevit au passage, gisait enveloppé d'un plaid à quelques pas de son auto écrabouillée. On allait téléphoner à quelqu'un, sans aucun doute. Pas tout de suite, bien entendu... L'autorité n'avait d'autre souci pour le moment que de dégager le périphérique. Il y avait quelque part dans la ville une veuve encore heureuse, un ou plusieurs orphelins gentiment assis devant la télévision. Ils avaient devant eux une heure, deux heures peut-être de cet équilibre somnambulique qu'on nomme le bonheur. Manoir n'avait lui-même conservé aucun souvenir du jour où la lettre annonçant la mort de son père était arrivée. Était-il trop jeune, alors ? Six ans. Est-ce qu'on comprend les choses à cet âge ? D'ailleurs ce décès n'avait, en apparence, rien modifié. Son père était au front depuis des mois : un étranger familier, qui revenait de loin en loin troubler l'intimité du vrai couple qui s'était formé en son absence.

Il quitta le périphérique. Il roulait au hasard, sans plus se presser désormais, et songeait presque objectivement à son histoire. Ne trouve-t-on pas toujours au moins un fruit abîmé dans le panier le mieux choisi ? A d'autres les destins bien lisses et bien pleins ; il avait hérité, lui, de la pomme talée. A d'autres aussi — car il n'était pas le seul dans ce cas — le courage de surmonter l'injustice. Il n'appartenait pas, hélas ! à cette race d'orphelins revanchards qui vous en plantent des vergers. Il n'avait su que prendre à témoin le ciel aveugle et sourd : *Eh ! Eh ! C'est pas juste ! Pourquoi j'ai une pomme talée, moi ?* C'eût été pourtant la meilleure façon de compenser le préjudice qu'il avait subi, que de fonder famille. Faire des enfants, rebâtir autour d'eux la muraille abattue... Trop tard. Il vieillirait, s'il vieillissait, en retraité solitaire et ronchon. Faux cœur sec, petites manies et maladie de foie. Il finirait par s'occuper de perruches ou de poissons chinois. Il aurait un chat qu'il appellerait *Mimine* et qu'il gaverait de jambon de Parme et de blancs de poulet.

Il tourna dans une rue étroite, que bordait une palissade de chantier d'un bois grisâtre, maculé çà et là de lambeaux d'affichettes. A peu près au milieu de la palissade, s'ouvrait une brèche. Pâle, mais calme à présent, il gara sa voiture sans difficulté. Il empocha le revolver, sortit et claqua la portière. Il se dirigea vers la brèche. Il n'éprouvait plus qu'une curiosité modérée, comme à la fin d'un roman dont on a perdu le fil.

Le lieu lui plaisait. On avait dû, à l'époque, entourer les ruines du pavillon d'une palissade semblable. Il se dit que c'était bon signe. Il avait l'impression de rentrer chez lui, enfin, après tant d'années ! Un chez lui de gravats et d'herbes folles, de tessons de bouteilles et de bouts de tuyaux, de plâtres verdis et d'épaves rouillées. Il s'avança sans trembler sur le chantier baigné d'ombre.

XVII

AU débouché du chemin creux, à l'endroit même où il s'y attendait, Hugo sentit sur son visage l'haleine de glace du puits. Il dépassa l'écurie et l'étable. Les chiens, rustauds au poil semé de brindilles et de barbes d'épis tels qu'en son souvenir, lui emboîtèrent le pas en silence. Ils longèrent ensemble le tas de fumier, puis les « petites maisons » où l'on chuchotait que logeaient, l'hiver, les pauvresses, mi-journalières, mi-putains, en compagnie desquelles les fermiers, trois frères, trompaient leur célibat. Ils laissèrent, à gauche, la bâtisse que louait chaque année la famille de Hugo pour s'engager sur la prairie dévalant vers la mer. Entre la ligne des eaux et le bord en surplomb de la prairie, s'étirait le ruban de la grève, borné d'un côté par la « pointe aux serpents », et de l'autre par celle des Méjaques, seuls voisins à des kilomètres à la ronde.

Hugo atterrit d'un bond sur la plage. Il tomba aussitôt à genoux, et ramassa une poignée de sable qu'il baisa comme un prince de retour d'exil. Les mâles de son clan, son père, son grand-père, ses oncles, eux-mêmes ensorcelés par ce lieu de solitude, avaient toujours feint devant les enfants d'en être les seigneurs. *Notre royaume !* disaient-ils. Et Hugo, pris au piège de ce mensonge, revenait hanter son héritage d'illusion jusqu'en son âge d'homme.

Il leva les yeux. Du haut de chacune des pointes, un calorifère de la taille d'un immeuble de dix étages venait de s'allumer et déversait des torrents de chaleur sur la baie. Très vite, une colonne de vapeur se dégagea du bouillonnement des eaux. La mer, en quelques minutes asséchée, découvrit une aire de sable et de roches. Et là, à plusieurs centaines de mètres du rivage, environné de fumerolles ainsi qu'un vaisseau d'opéra, il aperçut *Motutunga,* l'Arche vide à laquelle son père avait tout sacrifié. Bientôt suffoqué par la chaleur, ses vêtements fumant sur lui comme s'ils allaient s'enflammer d'un instant à l'autre, il s'élança.

Une atmosphère de fournaise régnait sur l'épave dont la coque noircissait déjà par endroits. Un fouillis d'objets, de livres, de vêtements, encombraient le pont et la cabine. Il se pencha pour s'emparer d'un mince parallélépipède encroûté de rouille dans lequel il reconnut son harmonica. Il ne parvint d'abord à en tirer aucun son. Il le tapota contre sa cuisse comme il avait coutume de le faire, enfant, afin de chasser le trop-plein de salive de ses alvéoles, avant de le porter à nouveau à ses lèvres. Cette fois une plainte éraillée s'en échappa, à laquelle les chiens répondirent du rivage par un concert d'aboiements. A ce signal, des silhouettes apparurent en haut de la prairie. Chacune tenant à la main une lampe ou une torche, elles se dirigèrent en procession vers la mer. Hugo s'époumona alors dans l'harmonica, sans se soucier des flammèches qui couraient, autour de lui, sur les superstructures du bateau. Il joua la chanson de ce temps-là, l'air dont, souvent, avant l'incident et la querelle, il avait bercé ses promenades solitaires. La troupe s'immobilisa sur la plage. Tous, protagonistes et comparses réunis comme pour un final sur une scène, tournèrent vers lui des visages sévères. Une brûlure lui arracha un cri de douleur. La manche de sa veste avait pris feu. Il n'eut que le temps de se jeter par-dessus bord : la coque, en un instant, s'embrasa de la poupe à la proue. Tandis qu'il courait à toutes jambes vers la terre, les calorifères géants s'éteignirent, et les eaux jusqu'alors endiguées déferlèrent en grondant. Le flot, comme un poing furieux, écrasa le bûcher, puis ainsi qu'une main secourable, souleva Hugo pour le déposer, haut sur la grève, sur un lit d'algues et de goémons.

Quand il revint à lui, le jour s'était levé, les fantômes s'étaient évanouis. Autour de lui, des débris à demi carbonisés jonchaient le sol. Sur la planchette d'acajou que son père astiquait si jalousement, les lettres de cuivre qui composaient le nom de *Motutunga* avaient fondu en un magma illisible. L'harmonica, qu'il n'avait pas lâché dans sa fuite, s'était effrité sous la pression de ses doigts ; des écailles de rouille s'écoulèrent de sa paume et se mêlèrent au sable grossier de la plage. Il prit conscience de tout un remue-ménage. Partout, sur la prairie et en bordure du rivage, des tentes de camping, des échoppes, des buvettes avaient poussé comme des champignons. Une foule d'estivants avait envahi l'anse, qu'arpentaient en tous sens des marchands de glaces et de beignets. De mille transistors s'épanchait un brouhaha nasillard. Dans le ciel d'un bleu lumineux à présent, un petit avion passait et repassait, traînant derrière lui un calicot publicitaire sur lequel on lisait : BUVEZ MOTUTUNGA LE LONG DRINK DES VACANCES

Un ballon atterrit aux pieds de Hugo. Son propriétaire, un gamin aux cheveux ébouriffés, s'immobilisa devant lui. Ils s'observèrent quelques secondes en silence, puis, d'un coup de pied rageur, Hugo envoya le ballon par-dessus une haie de cabines de bain. Le gosse poussa un cri de détresse et s'élança à sa recherche.

Hugo ouvrit les yeux. Du revers de la main, il essuya la sueur qui ruisselait sur son front. Il s'était endormi tout habillé à quelques pas du radiateur. Celui-ci, sans doute sous l'action d'un quelconque dispositif de sécurité, venait de s'éteindre de lui-même : le rougeoiement de la grille de chauffe s'estompait de seconde en seconde. Hors ces dernières lueurs, une totale obscurité baignait la pièce. Hugo écarta la couverture qui le couvrait et voulut se redresser. Cette seule ébauche de mouvement lui mit le cœur au bord des lèvres. Un flot de sucs digestifs d'une atroce acidité, charriant des fragments d'aliments à demi digérés, remonta de son estomac et envahit sa bouche. Affolé à l'idée de vomir dans cette chambre dont il se rappelait à présent confusément qu'elle n'était pas la sienne, Hugo se rejeta en arrière et tenta de ravaler l'affreuse pâtée. Aussitôt, un second spasme l'ébranla si violemment que son front heurta le plancher. Incapable cette fois de contenir l'afflux de matières corrompues dont son organisme exigeait l'expulsion, Hugo vomit à plusieurs reprises, avec des hoquets et des râles. Quelque part dans l'ombre, une voix jura. Tandis qu'il s'efforçait de reprendre son souffle entre deux haut-le-cœur, il entendit un bruit de pas suivi du craquement d'une allumette. La pièce s'éclaira. Il voulut lever la tête, mais y renonça devant l'imminence d'un nouveau renvoi et repiqua du nez dans ses déjections.

« Ah ! le cochon. »

Un dernier spasme rageur souleva Hugo.

« Je suis désolé, parvint-il enfin à articuler... Je nettoierai tout, je vous le promets.

— J'y compte bien ! »

Haletant, hébété, un filet de bile et de bave au menton, Hugo s'éloigna en rampant de la flaque fétide. D'épuisement, il ferma un instant les yeux. Quand il les rouvrit, il vit que son hôte, consterné, s'était rassis sur son sac de couchage et avait allumé une cigarette.

« Je suis désolé, vraiment, je...

— Ouais, bon ça va, »

Il y eut un moment de silence. Hugo se

reposait. Quentin, un pli de contrariété lui barrant le front, tirait d'un air morose sur sa cigarette.

« Vous n'aurez pas la force de nettoyer ça cette nuit, et j'avoue que je n'ai pas envie de m'y coller, finit-il par lâcher. Je crois que je vais aller dormir ailleurs !

— Si, si, je vais nettoyer tout de suite ! Laissez-moi seulement le temps de récupérer. »

Quentin secoua la tête.

« Il vous faudrait plusieurs brocs d'eau, et le robinet est au moins à deux cents mètres. Et puis je n'ai pas de serpillière.

— Je me débrouillerai. Un broc d'eau suffira. J'irai. Vous m'expliquerez, et j'irai. Dites, votre appareil, là, il s'est éteint... »

Quentin écrasa sa cigarette avant d'aller examiner le calorifère. Il tourna une manette et revint s'asseoir.

« Il s'est éteint tout seul. C'est normal.

— Je dormais à côté... Une chaleur ! C'est ça qui m'a réveillé.

— Vous avez salement bu. »

Hugo baissa la tête.

« Salement. Me rappelle même plus quoi. Je ne sais même pas ce que je fiche ici !

— Je vous ai traîné ici hier soir. »

Non sans difficulté, Hugo se redressa à demi et réussit à s'adosser au mur. Il demanda à Quentin un peu d'eau, dans l'espoir de chasser de sa bouche l'acidité des sucs gastriques. Quentin emplit un verre au broc et le lui tendit. Hugo but avec avidité.

« Encore, s'il vous plaît, encore ! »

Quentin emplit à nouveau son verre.

« Comment vous sentez-vous ?

— Mal. Mon Dieu, comment peut-on se soûler à ce point plus d'une fois dans sa vie ?

— Vous buvez beaucoup ? Enfin, souvent, je veux dire ? »

L'autre eut un geste vague de la main.

« Pas tous les jours, heureusement... J'ai dormi longtemps ? »

Quentin jeta un coup d'œil au réveil.

« Quatre heures. Je crois que vous avez intérêt à essayer de vous rendormir ; ça ne vous évitera pas la gueule de bois, mais ça vaudra mieux quand même.

— Mais il faut que je nettoie...

— Eh bien, vous nettoierez en vous réveillant, avant de partir. Je vous laisserai un plan, pour l'eau. »

Il n'était plus temps pour Quentin de se recoucher. Il déplaça son petit réchaud de camping et se réfugia le plus loin possible des vomissures de Hugo. L'eau n'était pas encore chaude que celui-ci dormait déjà. Quentin avala en hâte un bol de café et une tartine avant d'endosser son caban pour fuir l'aigre odeur qui empuantissait la pièce.

Hugo s'éveilla à midi passé. Par la vitre de l'œil-de-bœuf, un froid soleil d'hiver illuminait la chambre. Il demeura un long moment sur le dos, les yeux ouverts, avant de se décider à bouger. Enfin, s'appuyant sur un coude et retenant son souffle, il entreprit de se redresser. Ainsi nous éveillerons-nous sans doute, au jour du jugement, dessoûlés certes de la vie, mais l'âme encore encrassée de ses poisons, hagards, plus faibles que des nouveau-nés, affolés de vertiges et perclus de douleurs mystérieuses.

A peine debout, Hugo vacilla et préféra se rasseoir aussitôt. Quelqu'un jouait aux billes sous son crâne, avec de lourds calots de fer. Il attendit un moment, puis, bandant toute son énergie, il se pencha, attira à lui le broc d'eau, y plongea une chaussette qui traînait à sa portée et s'en gifla frénétiquement le visage. L'eau était glacée. Il se sentit un peu mieux après ce traitement brutal et parvint à traverser la pièce. Il s'agenouilla près du réchaud, l'alluma, se prépara du café qu'il but dans le bol de Quentin. Celui-ci avait laissé en évidence un bout de papier indiquant l'emplacement du point d'eau, ainsi qu'un billet de dix francs. Ces dix francs, précisait le message, étaient destinés à l'achat d'une serpillière.

Hugo grimaça un sourire. Bien entendu, il nettoierait, bien entendu il paierait la serpillière de ses deniers. Il termina son café en songeant à ses chiens. D'une main encore malhabile, il chercha son portefeuille dans la poche intérieure de sa veste. Il lui restait plusieurs centaines de francs ; du moins pourrait-il rentrer en taxi. Il se leva, et, point trop ferme sur ses jambes, se dirigea vers le broc, qu'il renversa sur la flaque d'immondices. Puis, le broc à la main, il gagna la porte. Ce ne fut qu'en descendant l'escalier qu'il se souvint des livres qu'il avait achetés la veille. Il eut beau y réfléchir, il dut se reconnaître incapable de se rappeler ce qu'ils étaient devenus.

Une heure plus tard, il s'assura avant de partir qu'il laissait les lieux dans un état de propreté acceptable. A l'endroit où il avait vomi cette nuit, ne subsistait plus qu'une zone humide. Sur la corde à linge tendue dans le minuscule cabinet de toilette il avait mis à sécher la serpillière et la chaussette. Il avait empli une dernière fois le broc. Il posa le billet de dix francs bien en vue sur la couverture pliée et sortit.

XVIII

CHAQUE matin, Quentin retrouvait sans joie l'odeur de sueur, les nudités rougeaudes du vestiaire, les claques à vous démettre l'épaule par lesquelles Quimper affectionnait de vous souhaiter le bonjour, l'haleine déjà fortement anisée de Blondin. En enfilant ses chaussures blindées, il pensait aux semelles de plomb des scaphandriers. On les lestait eux aussi, ses camarades et lui-même, au moyen de ces croquenots, afin de les maintenir *au fond.* Au fond de la cuve, dans la boue huileuse où s'enfoncent les pilotis de la société, où baigne la machine-mère, dispensatrice d'une prospérité dont on leur comptait si chichement leur part.

L'équipe gagnait l'atelier en traînant les pieds. C'était l'heure des grommellements, des disputes pour une clé égarée. Si les seigneurs d'à côté, les O.P., disposaient tous d'une boîte à outils personnelle, marquée à leurs initiales et munie d'un cadenas, les brutes de Verlay n'utilisaient qu'un outillage réduit, lourdes clés en T, barres de fer et cisailles, pistolets de vissage pneumatiques, que l'on jetait en tas, le soir, près du compresseur. Quand enfin chacun avait retrouvé sa paire de cisailles ou sa barre de fer favorite, on ouvrait l'immense portail au premier poids lourd. On guidait à grands cris le chauffeur sur la fosse, les cisailleurs escaladaient la remorque pour s'attaquer aux liens du fret, on courait aux cales, aux élingues. Verlay lançait le compresseur, puis, après s'être assuré que la machine humaine, elle aussi, démarrait sans à-coups, raflait les bordereaux du convoyeur et se retranchait dans son cagibi pour remplir ses paperasses.

Le compresseur demeura en panne une semaine entière, et cet incident imposa à tous et particulièrement à Quentin, moins endurci à la peine, un surcroît de fatigue. Les pistolets pneumatiques ne fonctionnant plus, il fallut serrer à la force du poignet la centaine de boulons de 27 qui fixait les roues de chaque véhicule. Quentin s'éveillait la nuit pour envelopper de linges mouillés ses mains gonflées et endolories.

Une première fois, deux mois après son entrée à la VESIAM, il n'entendit pas sonner son réveil. Il courut, fort inutilement, sur le chemin du métro : un seul train desservait N. le matin, et il l'avait d'ores et déjà manqué. Il eut tout le temps, à la gare, de se sustenter d'un croissant et d'un crème en attendant un train pour V. De là, une navette poussive le mena à G., un bourg mieux desservi que sa destination, dont six ou sept kilomètres le séparaient encore.

Il se mit en route à pied, le long de la voie

ferrée. Un peu de sérénité lui était revenu, et, malgré le froid qui pinçait fort, malgré le vent qui le giflait, il marchait sans déplaisir dans la clarté montante. Ses pas crissaient sur le mâchefer pailleté de givre du bas-côté. Il aperçut un lièvre, chassé de son terrier par quelque insomnie. Le lièvre vit Quentin, prit son élan et disparut en trois bonds. Quentin rit, content pour l'animal de l'immensité de la plaine et de la vigueur de ses membres. *Lièvre, lièvre peureux, mon frère ! Cours pour moi, fuis pour moi les gros yeux de M. Augier, de M. Verlay !* Quentin ramassa un caillou du ballast et le lança au loin. Comme par enchantement, la contrariété que lui causait son retard s'évanouit. Il s'émerveilla de ce libre matin, de ce ciel d'hiver transparent, de cette solitude et de cette allégresse.

Il arriva à N. à dix heures et demie. M. Verlay accueillit ses excuses avec bonhomie.

« Panne d'oreiller, hein ? L'important, c'est que vous soyez là. Vous êtes venu à pied de G. ? Une trotte, hein ? Bon ! J'avais vraiment besoin de tout le monde ce matin. »

Quentin rejoignit ses camarades sur l'aire. Le déchargement d'un camion de jantes occupa l'équipe jusqu'au soir.

*

Une enveloppe vide et flasque, un sac de brume en forme d'homme, voilà ce que son travail quotidien laissait de Quentin. Tout le long du jour, il perdait à chaque geste accompli un peu de sa substance : pour soulever ce pneu et le rouler jusque là-bas ; pour se hisser sur la remorque et pour déplacer cette caisse d'outillage ; pour desserrer ces douze boulons-là et pour serrer encore ces douze autres ; pour porter cette élingue et pour aller chercher en toute hâte la barre de fer dont il avait besoin. Une goutte de sueur à chaque seconde sur chaque outil, au flanc de chaque roue, sur le béton de l'atelier à chaque pas, car la plupart du temps on travaillait vite, très vite ! Verlay attendait, et le contremaître et les ouvriers de l'atelier n° 2, et Chapard, le directeur, et les gestionnaires et les actionnaires, et les clients, les chauffeurs, les clients des clients ! L'Europe entière attendait ces camions pour transporter matériaux et marchandises en une noria sans fin ; le monde attendait ces camions pour tourner. Et quand la sonnerie retentissait dans l'atelier, quand le compresseur s'arrêtait, Quentin, avant de gagner le vestiaire, jetait avec sa clé sa dernière étincelle sur le tas d'outils encore tièdes. Il ne restait plus en lui que des rognures d'énergie, qui suffisaient à peine à le ramener à Paris comme un pantin usé, à lui permettre d'avaler une quelconque tambouille avant de s'endormir.

Un soir qu'il pignochait ainsi, d'une cuiller lasse, des lentilles froides à même la boîte, un bruit lui fit dresser l'oreille. Il s'était accoutumé aux divers grincements et soupirs, plaintes sourdes et brusques craquements de la grande bâtisse vide. Il était capable à présent de distinguer les bruits accidentels, nés par exemple d'une saute de vent ou du passage d'un camion dans la rue qui longeait le chantier, de ceux, proprement organiques, dont la périodicité s'était peu à peu inscrite dans sa mémoire. Ce qu'il venait d'entendre n'appartenait à aucune de ces deux catégories familières. Il posa boîte de conserve et cuiller sur la double page de revue constellée de taches de graisse qui lui servait de nappe. Il s'attendait à recevoir, un jour ou l'autre, d'importunes visites. Souvent, en partant le matin, il se demandait s'il retrouverait ses affaires à son retour. Les ustensiles et les quelques hardes qu'il avait commencé d'accumuler, et surtout son calorifère flambant neuf, pouvaient encore exciter la convoitise de plus pauvres que lui. Il se félicita, du moins, que l'intrusion redoutée se produisît en sa présence. S'il s'agissait d'un simple clochard en quête d'un abri, et si Quentin se montrait assez féroce pour le décourager de revenir, il ne désespérait pas de gagner quelques semaines de répit : le temps de se retourner, de chercher une chambre meublée. Mais alors, son salaire diminué d'un loyer, même modeste, ce serait à nouveau la gêne ! Son existence passée le prouvait amplement, Quentin était à peu près dépourvu d'agressivité. Cependant le sort, avec son ironie sinistre, lui jouait le mauvais tour de le contraindre, au bas de l'échelle sociale, à de plus brutales empoignades que celles qui l'avaient, déjà, découragé de s'élever. La maison était vaste, et il n'en occupait qu'une partie minime. Mais s'il laissait un clochard s'y installer il en viendrait d'autres, on lui volerait tout. Il ôta ses bottes, saisit d'une main une torche électrique et de l'autre un bâton qu'il avait ramassé dans le terrain vague en prévision d'une telle échéance, et sortit sur la pointe des pieds, décidé à défendre son bien et sa tranquillité comme un vulgaire bourgeois.

L'homme se tenait dans une des pièces du premier étage. Quentin n'avait pas allumé sa torche, mais la silhouette de l'inconnu se détachait sur le rectangle plus clair de la fenêtre. Sans méfiance, il tournait le dos à la porte, par l'entrebâillement de laquelle Quentin l'épiait. Celui-ci, décontenancé par l'attitude de son « adversaire », ne savait plus quel parti prendre. L'autre ne manifestait aucun signe susceptible de l'entretenir dans ses dispositions d'esprit belliqueuses. Quentin était descendu prêt à tout, sauf à cela : l'incompréhensible immobilité, la sérénité incongrue de cet homme qui, face à la fenêtre, paraissait tout simplement perdu dans ses pensées. Enfin, extrayant une main de sa poche, il la leva vers son visage, un doigt tendu comme pour s'en gratter le front ou la tempe. Quentin, se décidant à agir à cet instant précis, alluma la lampe électrique, et, le gourdin au poing, fit irruption dans la pièce.

« Eh bien, qu'est-ce que vous foutez là ? »

L'homme eut un sursaut et se retourna. Dans le faisceau de la lampe, son visage exprimait une totale hébétude. Quentin comprit alors sa méprise. Son visiteur n'était pas en train de se gratter le front : la main qu'il laissa retomber le long de son corps tenait un revolver.

« Hola ! Qu'est-ce que... Pas de blague, hein ? »

L'homme, avec un haussement d'épaules, remit l'arme au cran de sûreté et l'enfouit dans la poche de son manteau.

« Rassurez-vous... »

Une soudaine bouffée de colère bouleversa de nouveau l'ordonnance de ses traits.

« ... Rassurez-vous, imbécile ! »

Quentin voulut se rebiffer.

« Dites donc...

— Ah ! taisez-vous ! Il n'y a pas de mots, pour qualifier ce que vous venez de faire... J'aurais dû vous abattre ! »

Tout à coup, trahi par ses nerfs, il tomba à genoux.

« Vous ne vous rendez pas compte, parvint-il à articuler entre deux sanglots, c'est si difficile ! Et j'y étais presque arrivé... »

Quentin posa sur le plancher le bâton et la torche. S'agenouillant près de l'inconnu, il le prit maladroitement aux épaules. Il avait conscience d'avoir commis la pire gaffe qu'on puisse commettre, et il lui semblait qu'il ne parviendrait qu'à y ajouter la pire inconvenance s'il tentait de s'en excuser. Il chercha quelque chose de réconfortant à dire, et ne trouva rien d'autre que : *Allons, ça va passer, allons, ça va passer...* Ils restèrent longtemps ainsi, Quentin psalmodiant ses *Allons, ça va passer* d'une voix blanche, l'autre en larmes, secoué de spasmes, conscients tous deux du ridicule de leur posture et de l'inanité des incantations de Quentin : Allons, faut pas s'en faire, c'est rien la vie, c'est pas grave la mort, ça va passer l'éternité !

Peu à peu, l'homme s'apaisa. Il ouvrit un paquet de mouchoirs en papier, en déplia un, se moucha avec bruit. Ils étaient assis côte à côte à présent, le dos au mur sous la fenêtre. Quentin proposa une cigarette. L'homme accepta l'offre en reniflant.

« Bon... ça va mieux, hein ? »

L'homme répondit par un grognement. Ils fumèrent quelques minutes sans mot dire.

« Vous savez, reprit Quentin, ça m'est arrivé, à moi aussi. Et puis j'ai rencontré quelqu'un, au dernier moment... Et je ne le regrette pas ; les choses se sont arrangées. Ce n'était qu'une mauvaise passe, quoi ! On se dit que tout est foutu, mais ça n'est jamais qu'une mauvaise passe...

— Vous avez peut-être raison », dit l'homme d'un ton peu convaincu.

Quentin fronça les sourcils : tout en parlant, l'homme avait ressorti le revolver de sa poche. Très vite, comme s'il craignait de se brûler les doigts, il en dégagea le barillet et le déchargea. Il réunit les six balles au creux de sa paume, et les soupesa. Avec un soupir, il les jeta loin de lui dans la pénombre. Les balles rebondirent sur le plancher, roulèrent un instant, puis le silence retomba.

« Je suis content que... que vous ayez changé d'avis, hasarda Quentin au bout d'un temps.

— Je n'ai pas forcément changé d'avis. Mais *ça,* recommencer *ça,* je ne pourrai pas ; en tout cas pas ce soir... ça fait trop mal ; enfin, trop peur ! »

L'homme écrasa le mégot de sa cigarette.

« Je m'appelle Manoir. Jean-Jacques Manoir, dit-il d'une voix lasse. Et vous ? »

Cette vaste bâtisse, si semblable au décor de ses rêves avec ses pièces vides et ses couloirs enténébrés, ne pouvait que fasciner Têtelourde. Comme d'autres s'enivrent de promenades en forêt et ne s'épanouissent que sous les frondaisons des arbres, dans le commerce murmurant des eaux et des bois, il s'enchantait de plafonds écaillés, de plâtres gris de poussière ou gorgés d'humidité, de papiers peints moisis. Ici le temps avait suivi son cours paisible, l'univers n'avait point basculé. Voir vieillir, voir mourir... La guerre l'avait privé du spectacle du temps à l'œuvre et de l'anesthésiante leçon qu'il prodigue : accepter par avance, par-delà la révolte et les larmes, de vieillir et de mourir soi-même. Vieilles maisons, vieilles gens, vieux objets, il épiait avec passion toute décrépitude et tout délitement.

Avec l'assentiment de Quentin, il s'installa bientôt dans une vaste chambre du premier étage, qu'il dota d'un minimum de commodités. Dès lors il partagea son temps entre son appartement de fonction, cette tanière aseptisée où il avait l'impression de se ranger lui-même chaque soir comme on remise un outil pour la nuit, et la vieille maison oubliée derrière sa palissade de planches grisâtres, où il lui suffisait de fermer les yeux pour goûter l'illusion que la plaie béante de sa mémoire s'était refermée.

XIX

Il ne s'était pas écoulé trois jours entre la première apparition de Hugo à la « Faculté des Songes », comme il devait bientôt baptiser le chantier en dérision de cette Faculté des Sciences si lente à s'y bâtir, et la seconde.

C'était son premier dimanche à la Cité Allende. Il cafardait si fort, entre ses caisses de livres et ses meubles démontés, que vers onze heures et demie, n'y tenant plus, il harnacha les chows. Secoué, traîné au long des rues par son indocile équipage, il prit la direction de la retraite de Quentin. Il se rendit compte en chemin qu'il tomberait là-bas à l'heure du déjeuner. A tout hasard, il s'arrêta dans une charcuterie pour acheter des victuailles et une bouteille de vin.

Quentin, qui s'était levé tard ce matin-là, s'était cassé le nez sur des devantures closes. Il s'apprêtait à déjeuner d'un jambon-beurre et d'un demi au comptoir du Garigliano quand il aperçut Hugo. On s'expliqua, et les deux hommes, tenant chacun un des chow-chows en laisse, gagnèrent ensemble la maison abandonnée.

Ils dévorèrent les provisions apportées par

Hugo, tout en bavardant avec une animation et une liberté dont ils avaient perdu l'habitude depuis longtemps. Hugo n'avait jamais eu d'amis, et il n'avait plus guère de copains. La rapidité de son avancement, qu'il devait au moins autant qu'à ses diplômes à certaine souplesse d'échine très appréciée de l'autorité municipale, lui avait valu de la part des autres employés de la bibliothèque, naguère ses égaux, une jalousie qu'il n'avait su désarmer. De son côté, seul bachelier parmi des hommes dont les plus instruits n'étaient pas allés plus loin que le C.E.P., Quentin se heurtait dans ses rapports avec ses camarades d'atelier à la réserve instinctive de semi-illettrés à l'égard d'un semi-lettré. Ainsi Hugo et Quentin rencontrèrent-ils l'un en l'autre l'interlocuteur qui manquait à chacun.

Hugo ne tarda pas à s'installer à demeure. Il avait fait la connaissance de Manoir, avec qui il avait bientôt sympathisé, en raison sans doute de l'intérêt que celui-ci avait immédiatement porté aux chow-chows. L'inconfort de la Faculté ne risquait pas de le gêner, car il se contentait depuis toujours de toilettes de chat. Puis, il aurait de toute façon préféré n'importe quel taudis à son clapier de la Cité Allende. Le seul problème résidait dans l'obligation dans laquelle il se trouvait, ne pouvant se résoudre à les laisser seuls dans cette maison ouverte à tous les vents, de parcourir avec ses chiens, matin et soir, les quelque six kilomètres qui séparaient son nouveau domicile de la Cité Allende.

Les jours calmes, entre deux déchargements, le chef d'atelier de Quentin assignait à son équipe de vagues besognes intitulées, dans ses comptes rendus de maîtrise, « rangement des caisses destinées à la récupération » ou « reclassement des pneus en palettes par catégories ». Cela signifiait en général qu'il ne savait pas trop à quoi l'occuper ; il envoyait alors son monde s'aérer sur le parc plutôt que de le garder, désœuvré, à proximité des planques de bière brune disséminées autour de la fosse.

Ces corvées faciles étaient accueillies avec plaisir en dépit du froid encore vif. On travaillait sans hâte et même, parfois, on ne travaillait pas du tout. On bavardait, on racontait des blagues, on chahutait avec une brutalité joyeuse, quelquefois effrayante : une des plaisanteries favorites de Quimper et de Vaneyck consistait à se lancer des barres de fer dans les tibias. Ou bien encore Saadi, le cariste, apprenait aux autres à piloter le Fenwick dont il avait la responsabilité. Là aussi les choses dégénéraient souvent, et la leçon de conduite tournait au rodéo.

Il restait beaucoup d'enfance chez ces hommes durs. Quentin, de même qu'il redoutait la violence de leurs jeux, s'effarait de la naïveté dont il leur arrivait de faire preuve. Leur monde, cependant tout matériel, demeurait flou comme un rêve. Blondin, confronté depuis son enfance au poids de la réalité, et par ailleurs passionné de sports, prenait pour argent comptant les prouesses des acteurs des films de karaté. Il ne percevait pas de contradiction entre la performance officielle d'un champion de saut en hauteur franchissant deux mètres vingt ou deux mètres trente, et celle, merveilleuse et truquée, d'un Bruce Lee effectuant des bonds de six mètres sans élan. La première proposition n'infirmait en rien la seconde. La réalité était assez vaste aux yeux de Blondin pour les contenir toutes les deux, et sans doute bien d'autres encore, et Quentin se demandait s'il s'agissait là d'une fraîcheur d'esprit miraculeuse ou d'un abrutissement précoce, l'imagination de son camarade, anesthésiée par l'ignorance, la fatigue et l'alcool, n'étant plus capable de prendre en compte que la démesure.

Il advenait aussi qu'un des compagnons se dévoilât, mû par l'irrépressible besoin de confession qui n'attend, chez la plupart des êtres, qu'un moment propice pour se manifester. On grillait une cigarette à l'abri du vent derrière un monceau de caisses, et soudain un type disait sa vérité, machinalement, comme on se gratte toujours au même endroit, l'aile du nez ou le lobe de l'oreille. Les uns mentaient, bien sûr, et c'était entre les mots qu'il convenait de les écouter. D'autres au contraire se dressaient nus, dans une rage d'aveu ; il fallait, au-delà de leur défi, entendre leur détresse.

Blondin mentait. On souriait en coin, quand il se vantait, mais en chevrotant, de bonnes fortunes imaginaires.

« Ouais, ça t'aurait plu, coupait Vaneyck.

— Quoi ? Mais je te dis que... Enfin bon, tu crois ce que tu veux, qu'est-ce que ça peut me foutre, à moi ?

— Je vais te le dire quand même : je crois que tu t'y crois ! »

Blondin battait en retraite sous les rires. « Bande de cons ! Je vous dirai plus rien ! »

Mais il finissait toujours par y revenir, emporté par une volonté désespérée de nier, de se disculper d'une innocence infamante.

Nul n'aurait songé à porter sur Vaneyck un semblable soupçon. Il y avait même, entre leurs cas respectifs, quelque chose de symétrique et de complémentaire. Cette virginité dont Blondin n'était jamais parvenu à se débarrasser, Vaneyck l'avait à l'inverse perdue trop tôt, et dans des bras trop proches. Il avait été à treize ans l'amant de la maîtresse de son père, et semblait ne pas s'être remis de ce coup d'éclat. Son sexe, qu'il appelait « Popaul » et dont il parlait comme d'un individu distinct de lui-même, occupait une large place dans sa conversation. Les soirs de paie, possédé, furieux, il « sortait Popaul ». Il courait les rues chaudes et suivait cinq ou six filles d'affilée, en quête de Dieu sait quelle révélation, pratique indicible, organe sublime dont n'eût été pourvue qu'une femme sur mille, ou comme si l'initiatrice, des années auparavant, en lui dévoilant tout lui avait à jamais dissimulé l'essentiel.

Le « secret » de Quimper était d'une autre sorte. Jeune brancardier durant la guerre d'Algérie, on l'avait envoyé nettoyer une passe, théâtre d'un fameux massacre. Il s'étonnait encore, vingt ans plus tard, en en parlant.

« Tous ces gens, là, hommes, femmes et enfants, la gorge ouverte, le ventre ouvert, ça faisait drôle à voir, tu peux me croire ! »

Il montrait, sur le goudron du parc, les corps gisants dans sa mémoire, maculés de poussière et de sang. Il disposait de peu de mots ; le sens fuyait de ses phrases comme l'eau d'un seau troué.

« On n'a jamais vu ça, on n'a jamais vu ça », répétait-il.

Il l'avait vu, pourtant. Il haussait les épaules, écrasait sa cigarette, saisissait une clé ou un balai et s'éloignait du groupe, de son pas lent de pachyderme.

Il y avait aussi un apprenti de seize ans, sorte de valet d'atelier qu'on avait embauché au titre de la loi sur l'emploi des handicapés physiques. Il lui manquait plusieurs doigts, et ceux qui lui restaient affectaient des formes bizarres, doigts-crochets, doigts-antennes, doigts-spatules, dont on s'étonnait qu'ils pussent se refermer avec quelque efficacité sur un manche d'outil ou une poignée de poubelle. Il répondait sans se vexer aux divers sobriquets, tous plus charitables les uns que les autres, que lui valait la difformité de ses mains : « Monsieur Duhomard », « le crabe des cocotiers », « le couteau suisse » ou la « pince multiprise ». Vaneyck l'avait finalement surnommé « Bébé Facom », du nom d'une célèbre marque d'outillage. On lui serrait d'autant moins volontiers la main qu'il ne se lavait guère, et que la saleté de ces appendices ajoutait encore à leur caractère monstrueux. Ainsi l'équipe avait-elle son intouchable.

Les gars jouaient à peu près tous au tiercé et au loto. Ils se racontaient l'histoire de ce type de V. qui avait gagné cent vingt millions et dont la photo avait paru dans le journal. Leurs contes de fées ne commençaient pas par *Il était une fois* mais par *Et si tu touchais le gros lot ?* Ils jonglaient alors avec les millions et s'empêtraient bientôt dans les anciens et les nouveaux francs à cause des zéros. Ils préféraient compter en *briques* et en *sacs.* Un voisin de Blondin avait touché trois cents sacs au tiercé.

« Trois cents sacs ! Qu'est-ce que tu veux faire avec ça ? Deux ou trois javas, et tout est claqué ! »

Vaneyck, expert en la matière, opinait gravement.

« Moi, je vous claque cinq cents sacs en une seule java, quand vous voulez, et encore : sans forcer ! Non, ce qui faut, c'est cent, cent vingt briques d'un coup. Là, bon, tu peux vivre... »

Facom, ébloui par les chiffres lancés, ouvrait de grands yeux ronds.

« Nom de Dieu, soupirait-il, on a encore perdu cette semaine, ma mère et moi... Elle joue ma date de naissance au tiercé, toutes les semaines depuis seize ans, et c'est jamais sorti. Faut dire qu'on n'a pas de chance ; on n'a jamais gagné à la loterie, on n'a jamais touché le tiercé, même pas dans le désordre, et on n'a jamais eu plus de deux bons numéros au loto depuis qu'il y a le loto ! Et tiens, dans les trucs de sécurité sociale, quand on est malade, eh bien il y a toujours un papier qui manque ou une connerie comme ça, et on n'est jamais remboursé... C'est bizarre, non, qu'on n'ait pas de chance à ce point-là ! A mon avis, ça prouve que la chance existe, puisqu'on n'en a pas... »

Et portant à sa bouche un de ses doigts mutilés, il en arrachait du bout des dents de petits bouts de peau malpropre qu'il recrachait, l'air pensif, sur le flanc noir d'un pneu.

Telle était l'équipe que Quentin retrouvait chaque matin dans le dernier wagon, en changeant de train à V. Nombre d'O.P. de l'atelier voisin prenaient le même train, mais les deux clans ne se mélangeaient guère. La « bande à Vaneyck », composée, outre Vaneyck lui-même, de Blondin, Quimper, Facom, Quentin, très en retrait, ainsi que de quelques comparses, menait souvent grand tapage sur les banquettes.

Quentin, qui ignorait tout, au moment de son embauche, des arcanes de la hiérarchie ouvrière, en avait vite appris les rudiments. Toute solidarité de classe mise à part, un abîme sépare un O.S. d'un O.P.3, et plus encore d'un O.H.Q. — mais on ne rencontrait guère de ces « ouvriers hautement qualifiés » à N., sinon peut-être dans l'enclave du département de recherche où Quentin et ses pareils n'avaient pas accés.

Les O.S., et Bébé Facom qui constituait à lui tout seul le lumpen-prolétariat de cette micro-société, travaillaient à l'écart. Chacun, mystérieusement, savait qui était quoi dans l'entreprise ; on ne s'adressait la parole, hors caste, que pour des raisons de service. Aussi, dès l'aube et avant même d'avoir pénétré dans l'enceinte de l'usine, les O.S. se regroupaient-ils. C'étaient, dans le dernier wagon, des chahuts de conscrits, des coups de gueule, des fous rires aux saillies de Vaneyck. Il forçaient la note, dans le genre *fine équipe,* pous masquer leur timidité, leur peur du monde et d'un jeu social dont, leur situation le prouvait assez, ils ne maîtrisaient pas les règles.

Tous les quinze jours environ, Verlay détachait à l'extérieur un petit commando. Il s'agissait d'effectuer, sur un vieux tour d'une unité annexe, de menus travaux que les O.P. estimaient indignes de leur qualification. Verlay ne lâchait son contingent qu'à regret, car il savait dans quel état celui-ci lui reviendrait. L'annexe était en effet éloignée de l'usine de quelques kilomètres, et plusieurs débits de boisson jalonnaient ce parcours. S'arrêtant à chacun d'entre eux, le commando se grisait à l'aller et achevait de se noircir au retour. L'équipe buvait sec. En temps normal déjà la bière brune coulait à flots dès le casse-croûte de dix heures. Le repas de midi, largement arrosé, n'arrangeait pas les choses, et certains après-midi Verlay s'arrachait les cheveux à l'idée d'une inspection inopinée. Les plus atteints titubaient, des querelles éclataient à propos d'un rien, les barres de fer voltigeaient à travers l'atelier, les manœuvres sur le parking donnaient lieu à des froissements de tôles, on montait sur les moyeux n'importe quel type de pneu, il arriva même qu'un camion perdit une roue en sortant du hangar. Malgré tout, le Dieu des ivrognes protégeait la bande. Blondin tomba un soir dans la fosse et s'en tira indemne ; Quimper plaçait des crics en dépit du bon sens et échappait à la mort par miracle, sans même s'en apercevoir. Quentin, pourtant un des plus sobres, empoignait parfois les commandes des palans à demi ivre. Verlay, toujours submergé de paperasses, lui avait appris à s'en servir et se reposait sur lui les trois quarts du temps pour superviser le déchargement des châssis. Cette tâche ne requérait qu'un peu de doigté et beaucoup d'attention. Il suffisait d'appuyer tour à tour sur l'un ou l'autre des boutons dont chaque boîtier était pourvu, pour hisser ou pour abaisser la charge. Cependant, ces jours-là, plusieurs tonnes de métal tanguaient dangereusement au-dessus des têtes. Quentin s'ébrouait, serrait les dents, et s'appliquait à déposer le châssis en douceur. En dépit de ses efforts, une cale de bois se fendait avec un craquement brutal. Il bredouillait des excuses :

« Pas ma faute. Elle était mal placée, cette cale ! »

On rigolait, on le traitait de bousilleur. D'abord penaud, il finissait par rire avec les autres. On pouvait bien tout casser, lançait Vaneyck. Pour ce qu'on était payé ! Ses yeux brillaient. L'alcool excitait en lui des pulsions anarchiques, destructrices.

« T'es pas encore assez bourré, Quentin ! Bois un coup, et fous-moi tout le bazar en l'air, ça nous fera des vacances ! »

On riait de plus belle. Quentin frissonnait. Pour lui seul, semblait-il, l'ombre de la catastrophe planait un instant sur l'atelier, comme un corbeau au-dessus d'un champ.

XX

LOUISE avait vingt-deux ans. Maigre et brune, invariablement vêtue d'un ciré noir, elle arpentait la vie ainsi qu'un quai de gare, la nuit, en un pays dont elle eût ignoré la langue. Elle trimbalait partout une guitare dans un étui éraflé, cabossé, constellé d'étiquettes. Elle n'avait pourtant guère voyagé. Elle tenait la guitare et l'étui d'un amant. Elle l'avait quitté comme elle les quittait tous : à l'improviste et sans explication. En quelques heures leur visage s'estompait, le timbre de leur voix se perdait dans le brouhaha de la ville, leurs caresses ne laissaient pas plus de traces sur sa peau que la pluie sur la mer.

Elle n'avait jamais pu se plier longtemps à la discipline d'un emploi ; elle vivait d'expédients. Elle s'embauchait de loin en loin dans un bureau ou dans un magasin, mais tout l'ennuyait bientôt. Ses patrons finissaient par s'apercevoir qu'ils avaient attelé une mésange à leur charrette. Les uns se mettaient en colère et la flanquaient dehors. D'autres, malgré tout séduits, jouaient un temps à l'oiseleur. Plusieurs l'auraient même épousée, cependant rien ne durait avec elle. Elle lançait quelques trilles et filait se percher sur un autre doigt.

Elle n'aimait que la musique. Elle avait tôt appris la guitare et le piano, et elle savait composer. A la belle saison, elle chantait à la terrasse des cafés des chansons de Joan Baez et de Judy Collins. Elle passait de loin en loin dans des cabarets, où ses propres ballades, toujours un peu tristes et mystérieuses, lui valaient de gentils succès. Quelques imprésarios et chercheurs de talents couchaient avec elle à l'occasion.

Quentin la rencontra un dimanche matin dans l'escalier, comme il descendait remplir son broc. Hugo n'avait pas dormi là cette nuit, sinon les chows auraient donné l'alerte. Peut-être même se seraient-ils jetés sur elle ? Quentin pensa qu'ils l'auraient sûrement fait, tant elle ressemblait à un chat. Non pas à une chatte de corbeille, ronronnante et gavée, mais à une vagabonde inquiète, aux flancs creux, au poil terne. Il ne la trouva pas très jolie, avec ses yeux trop grands dans un visage exsangue, sa tignasse emmêlée, ses ongles douteux, un corps qu'on devinait plus en os qu'en chair sous le ciré et le chandail. Mais enfin c'était une femme, et puisqu'elle s'offrait il la prit.

Elle s'installa au rez-de-chaussée, dans la chambre au mobilier d'ombre où Quentin n'était plus entré depuis le premier jour. Elle y avait déjà entreposé sa guitare avant de monter. Elle ne possédait vraiment rien d'autre, à cette époque. Pas même une brosse à dents ; sa pochette de toilette était restée chez une amie. Elles s'étaient brouillées, et l'amie était partie pour les sports d'hiver sans lui laisser la clef de son appartement. Louise aurait certes pu retourner chez sa mère, mais celle-ci l'assommait avec ses conseils et ses reproches.

Quentin lui prêta une couverture. Il venait d'être payé ; il lui donna cent francs. Par la suite, Hugo et Tête-lourde la dépannèrent souvent eux aussi. Hugo était le plus généreux. Il lui donnait trois ou quatre cents francs quand elle en quémandait cinquante. Tête-lourde ne rechignait pas non plus à l'aider. Quentin faisait ce qu'il pouvait. Au demeurant, elle n'abusait guère. Elle en vint même à établir une sorte de roulement entre ses bienfaiteurs. Par exemple, elle s'adressait moins fréquemment à Hugo, alors qu'il eût volontiers dilapidé avec elle la totalité de son magot. Elle était vénale, mais non pas avide.

Les trois hommes s'étaient mutuellement suspectés au début. Hugo, surtout, avait tardé à comprendre qu'elle n'appartiendrait en propre à aucun d'entre eux. Et même quand il l'eut en apparence admis, il continua d'en souffrir par accès.

Quentin avait rencontré Louise le premier. Il l'avait eue le premier. *Prem !* Il s'en considérait un peu l'inventeur. Il eut cependant la sagesse de renoncer très vite au droit d'aubaine ou de naufrage qu'il s'était d'abord imaginé détenir sur elle et sur ses faveurs. Les choses étaient arrivées d'une telle façon, d'un mouvement si naturel, avec lui comme avec les autres, que nul, du reste, n'aurait pu feindre de s'y méprendre : Mon corps s'appelle « Reviens », semblait-elle dire ainsi que les potaches qui prêtent une gomme ou un illustré. Pendant l'amour, elle coupait court aux petites phrases sournoises qu'on pose comme autant de repères ou de jalons autour d'une concession ou d'un trésor dont on voudrait s'assurer l'exclusivité. Sans doute était-elle incapable d'un tel attachement ? Elle suivait son idée, la musique, et elle ne faisait rien d'autre, dans l'existence, qu'accessoirement. Les hommes lui donnaient de l'argent, ils lui tenaient chaud au lit (elle avait toujours froid) ; elle les trouvait pratiques.

Quentin n'était pas amoureux d'elle. Elle n'était même pas son genre. Il avait un faible pour les blondes potelées ! Son épineuse féminité l'effrayait, en fin de compte, presque autant qu'elle l'attirait. Elle lui faisait l'effet d'un plat exotique et déroutant, dont on ignore la composition et dont on redoute à part soi les effets.

Elle le choquait, comme au fond le choquaient tous les êtres que leur part d'animalité n'humiliait pas. Elle l'avait deviné ; elle se moquait de lui :

« Il y a quelques petites choses que tu n'as pas encore liquidées, disait-elle. Il faudrait t'y mettre, non ?

— C'est trop tard, maintenant. Je mourrai comme ça. »

Elle n'insistait pas. Elle ne s'intéressait à lui qu'en passant. Il le savait, et il n'insistait pas lui non plus. Il se levait pour préparer le café. Il réfléchissait à tout cela en silence, en attendant que l'eau fût assez chaude. Ce n'était pas seulement quelques petites choses... Il n'avait rien liquidé du tout. Ces problèmes poisseux dont on s'obsède à quinze ans, il avait atteint l'âge d'homme sans les avoir résolus. Ils étaient toujours là, dans le grenier de sa mémoire. Un amoncellement malpropre. Il était bien décidé à ne jamais y aller voir de près. Il mourrait comme ça. Il haussait les épaules et versait l'eau bouillante sur les granulés de café lyophilisé.

S'il avait cru un seul instant que Louise pût accepter une telle offre, Hugo lui aurait proposé de partir avec lui, sur-le-champ, pour la destination de son choix : les Bahamas, les Baléares, les Marquises, il s'en fichait pourvu qu'il y eût une lagune. Ils seraient descendus dans un grand hôtel, ils auraient vécu de gambas grillés, de fruits de la passion et de punch entre deux baignades. Quand il aurait eu dépensé tout son argent, il l'aurait conduite à l'aéroport en taxi. Puis, à la nuit tombée, en smoking blanc, il serait allé paisiblement se noyer dans la lagune. Tout enfant déjà, il rêvait de se noyer en smoking blanc dans une lagune. Il n'imaginait rien de plus chic. Mais il était tout à fait improbable que Louise consentît à quitter Paris où, sans se décourager d'aucun échec, elle s'obstinait à tisser la toile dans laquelle elle était persuadée que le directeur artistique d'une maison de disques se laisserait prendre un jour ou l'autre.

Rien n'aurait pu empêcher Hugo de rêver éveillé, de transfigurer les trivialités du réel. Dans la légèreté de Louise, qui se donnait sans presque y penser pour peu qu'on l'en sollicitât gentiment et que rien de plus urgent ne l'appelât ailleurs, il vit une spontanéité poétique, une charité supérieure. Et il se reprochait sa jalousie, comme une faiblesse qui l'eût rendu indigne de la « convivialité érotique » que la jeune femme instaurait autour d'elle. Certains soirs, ravagé de chagrin parce qu'elle lui avait préféré l'un ou l'autre de ses compagnons, il harnachait ses chow-chows et partait avec eux en pleine nuit, à pied, pour la Cité Allende. Il se jurait tout le long du chemin de ne plus jamais revoir Louise. Mais le lendemain, en sortant de la bibliothèque, il achetait une bouteille de whisky ou de gin, il passait prendre ses chiens, appelait un taxi, et réintégrait la Faculté. Si Louise le tolérait auprès d'elle, il restait là des heures, sans la toucher, à l'écouter répéter ses chansons en buvant et en fumant cigarette sur cigarette. Tard dans la nuit, la bouteille plus qu'à demi vide, Louise le mettait doucement à la porte. Titubant, il se laissait pousser dans le couloir. Il regagnait sa chambre dans cette phase de l'ivresse où l'on ne sait au juste si l'on est heureux ou malheureux, où le mélodrame et la bouffonnerie se mélangent tout à coup dans la conscience ainsi que le contenu de deux pots de peinture renversés.

Quant à Manoir, familier depuis toujours de rapports aussi peu personnels, il s'accommodait au mieux de la situation. L'affection qu'il nourrissait à l'égard de Louise allait jusqu'à une sorte de tendresse fruste, une sollicitude lourdaude qui tombait souvent à côté de son but. Ainsi, il prétendait qu'elle perdait son temps « avec son crin-crin » et lui conseillait d'entrer dans l'enseignement. Pour lui, il n'y avait de sûr et finalement d'honorable que le fonctionnariat. Elle chantait juste, elle connaissait le solfège : qu'elle devienne donc professeur de musique ! Louise haussait les épaules. Il persistait. Elle explosait. Elle voulait chanter ! Elle avait quelque chose à exprimer, elle ne savait pas encore bien quoi, mais elle en avait plein le cœur ; ça sortirait, ça sortirait un jour, elle en était certaine ! Il ricanait. Elle lui lançait son verre à la figure, elle le traitait de vieux con et de rond-de-cuir rabougri. Elle partait en claquant la porte. Tête-lourde, tout décontenancé, prenait les autres à témoin. Comme elle était soupe au lait !

Un peu plus tard, il s'excusait. Il avait vécu à l'écart de tout. Il ne comprenait pas la jeunesse d'aujourd'hui. Il n'en avait pas eu, lui, de jeunesse, alors forcément ! Il ne fallait pas lui en vouloir... Mais elle avait sa guitare à la main ; elle sortait ? Une audition ? Un cabaret ? Rive gauche ? Il s'offrait à la déposer. Et pour le retour, elle avait au moins de quoi prendre un taxi ? Oui-oui ? C'était bien vrai ? Il glissait un billet dans la poche de son ciré. Alors, en route ? Elle sortait par la fenêtre. Il lui passait son instrument avant de la rejoindre à l'extérieur. Ils traversaient bras dessus, bras dessous le terrain vague détrempé par les pluies printanières. Il se garait en général devant le Garigliano. Il lui ouvrait la portière puis montait à son tour. Depuis qu'elle habitait là et qu'elle ne crevait plus la faim, Louise prenait soin à nouveau de son apparence. Hugo lui avait fait cadeau d'une eau de toilette coûteuse. Tête-lourde aimait le parfum qui flottait dans la voiture après son départ.

C'était probablement Quentin qui, des trois, portait à Louise, à sa personnalité, l'intérêt le plus authentique. Tête-lourde agissait avec elle comme il l'eût fait avec n'importe quelle « bonne fille ». Hugo la rêvait, ou rêvait d'une autre Louise. Quentin l'observait avec une curiosité fascinée. Il gardait en mémoire les moindres bribes qu'elle livrait de son passé. Il avait remarqué qu'elle s'exprimait, ou plutôt qu'elle était fort capable de s'exprimer correctement. Le jargon de sa génération, tissé de vulgarités obligées, de locutions parasitaires et de mots empruntés à l'argot du spectacle, ne constituait pas le fonds, mais l'ornement de son langage. Dans ses moments d'inattention, elle parlait comme les filles de notables que Quentin, la gorge sèche et les mains moites, avait serrées de près dans les surprises-parties de son adolescence. Il apprit que son père, décédé une dizaine d'années auparavant, avait exercé la médecine. En matière de classes sociales, les conceptions de Quentin n'avaient guère évolué depuis Eparvay. Dans son ingénuité d'éternel mistouflard, il confondait encore la simple aisance et la fortune. Il attribuait à la petite bourgeoisie le train de vie et la mentalité qu'il supposait à la grande. Il pensait que le fait d'avoir eu des nurses, d'avoir fréquenté certaines institutions et d'avoir su jouer du piano ou monter à cheval à huit ans vous conférait une fois pour toutes une attitude différente devant l'existence. Il lui semblait que seuls les nantis, lestés de leurs biens, se tenaient sans peine debout sur la terre, et qu'ils conservaient mystérieusement cet équilibre même quand, d'aventure, la richesse venait à leur manquer, tandis que les pauvres, vague et légère vermine tourbillonnant au vent, s'efforçaient toujours en vain d'y prendre pied. Il s'étonnait que Louise, à qui il prêtait à tort ou à raison la densité des premiers, se retrouvât à l'âge adulte aussi vulnérable et désarmée que lui. Et il pressentait chez elle il ne savait quoi précisément, quelque chose, une vieille blessure, un secret qui, d'une certaine façon, les concernait, ses compagnons et lui, les étudiants somnambules de la Faculté des Songes.

XXI

TÊTE-LOURDE n'était plus seul. Il avait Quentin et Hugo, il avait Louise. Des camarades et une maîtresse à temps partiel ; il n'osait en demander plus à la vie. De vrais amis, une femme rien qu'à lui, c'eût été trop. En matière de sentiments, la profondeur et l'exclusivité demeuraient au-dessus de ses moyens.

Qui se ressemble s'assemble... Ils étaient bien de sa tribu, ces deux Indiens et cette Indienne : des paumés, des traînards, des meurtris. A l'exception de Louise, qui croyait encore à son étoile, ils levaient vers le ciel le même regard morne, le regard de ceux qui ont vu s'abîmer la leur. Ces quinquets, là-haut, ne les concernaient plus.

Ils s'entendaient bien. Ils n'avaient plus ni griffes ni dents. Ils léchaient distraitement leurs plaies. Ils se partageaient sans dispute la même femelle ; bienheureux, encore, qu'il s'en trouvât une pour les accueillir. Ils faisaient montre les uns vis-à-vis des autres de plus de tolérance et d'humanité que n'en eussent manifesté à leur place des êtres moins usés.

On pardonnait à Manoir son manque de tact et sa relative pingrerie ; à Quentin ses longs silences maussades ; à Hugo ses soûleries bavardes et larmoyantes ; à Louise enfin de tromper chacun avec tout le monde.

Tête-lourde s'était pris d'affection pour les chiens de Hugo, et il avait l'impression qu'ils lui rendaient cette amitié à leur manière. Ils le pinçaient très fort en jouant : ce devait être un signe. D'autre part, ils sortaient volontiers avec lui à la nuit tombée, pour se soulager et rôdailler dans le terrain vague. Des occupants de la vieille maison, c'était lui, Manoir, qui écoutait avec le plus d'attention les conférences improvisées de Hugo sur le chien de Hong Kong. Quentin bâillait à s'en décrocher la mâchoire. Louise caressait les bêtes sans se soucier des discours longuets du maître. Séduit par ces chiens aux allures de nounours, Tête-lourde en redemandait. Il songeait à en acheter un couple, plus tard, quand il serait à la retraite, s'il vivait jusque-là. Car il avait renoncé au moins pour l'instant à se tuer. Le revolver avait réintégré son emballage au fond d'un placard, dans l'appartement où Manoir ne passait plus la nuit, à présent, que de loin en loin.

Il ne s'était pas pour autant réconcilié avec l'existence. Le pavillon écrasé sous les bombes, le bonheur brisé comme une assiette, la dépossession brutale, l'enfance confisquée, il n'avait certes rien oublié. Il resterait Tête-lourde jusqu'à la fin : une silhouette en forme de i, une grosse tête sous un béret, posée sur un corps sans épaules, drapé dans une pèlerine noire, un gosse mal déguisé en adulte. Mais le destin lui avait accordé un sursis en plaçant Louise et les deux autres sur son chemin. Et il en profitait, il se gorgeait auprès d'eux, non de chaleur, mais de tiédeur humaine, car ils n'avaient rien de mieux à offrir.

Il leur arrivait cependant de passer ensemble de bons moments. Chacun payait son écot, et Hugo se chargeait des courses. Il revenait porteur de portions de langouste et de jambon de Parme, d'un baquet de piémontaise, de bouteilles de bordeaux et parfois de champagne. A la vérité, il n'aurait jamais été en mesure d'acheter tout cela avec la somme d'abord réunie ; il lui fallait rajouter de l'argent de sa poche.

« J'ai mis au bout... Non, non, pas grand-chose ; il y avait presque le compte », répondait-il aux questions inquiètes de Manoir.

On s'installait le plus souvent chez Quentin. Celui-ci, en sa qualité de plus ancien occupant, faisait un peu figure d'hôte. Hugo, toujours lui, avait acheté deux grands chandeliers de pacotille et une nappe ronde en fibres non tissées. On dînait, assis en tailleur, sous l'œil-de-bœuf irisé du reflet mouvant des bougies. Encouragé par ces semblants de faste, on s'amusait à singer la société, et l'on donnait à Louise du « ma chère », on appelait Manoir « monsieur le Divisionnaire », on traitait Quentin, l'O.S., en chevalier d'industrie. Dans la foulée, Hugo, qui n'avait pourtant avoué à personne qu'il avait jadis écrit un livre, devenait « mon cher maître » en raison de sa familiarité avec la chose écrite. Et chacun dans sa sphère — des sphères, la vie littéraire, le show-business, l'industrie, la haute administration, dont ils ne fréquentaient tous autant qu'ils étaient que la plus lointaine périphérie — y allait de son numéro. Hugo parlait de Le Clézio et Louise d'Alain Souchon comme s'ils les avaient côtoyés tous les jours. Quentin s'interrogeait sur les objectifs à court terme de Dreyfus, et Tête-lourde répétait la dernière de son ministre.

Après manger, le vin aidant, la conversation dérivait et gagnait en authenticité. C'était l'heure des confidences et parfois des confessions. Mais par un pacte de pudeur tacite on s'interdisait de se découvrir trop. On protégeait d'eux-mêmes les plus vulnérables, Hugo d'abord, qui avait le vin russe, quasiment dostoïevskien, et Louise, qui sombrait volontiers dans une hébétude désespérée. On faisait diversion. Manoir, que les épanchements horripilaient, racontait une histoire qu'il jugeait drôle. Ou bien on priait Louise de chanter *The bells of Rhimney* ou *Girl of the north country.* Ou bien encore on réglait le transistor sur *Fip,* et Louise dansait tour à tour avec Hugo et Quentin. Vers une heure du matin tout le monde rentrait dans sa tanière. Ces soirs-là, qu'elle eût bu ou non plus que de raison, Louise se faisait une règle de dormir seule.

Une nuit, alors que la compagnie s'était dispersée après une de ces petites fêtes, Quentin se releva pour satisfaire dans le terrain vague un besoin naturel. Ils avaient bu du champagne ce soir-là, et Quentin se trouvait dans une disposition d'esprit légèrement euphorique, doublée d'une certaine emphase intérieure ; sans doute aurait-il abusé des majuscules s'il avait jeté ses réflexions sur le papier.

Il se reboutonna et fit quelques pas. La nuit était sombre. Comme il longeait le mur de la maison, il buta contre un obstacle et s'étala de tout son long. Il se redressa, craignant d'avoir réveillé tout le voisinage, car sa chute avait provoqué un tintamarre aussi formidable qu'inattendu. Par chance, quelque deux cents mètres séparaient les premiers immeubles du lieu de son bruyant exploit. Les libations de la soirée expliquaient par ailleurs l'absence de réaction de ses compagnons. Il se pencha, et chercha dans l'obscurité la cause de sa mésaventure. Il la découvrit bientôt : c'était une masse considérable, appuyée à 45° contre le mur. Quentin demeura perplexe quelques instants. Au moindre frôlement l'objet vibrait, émettait dans la nuit des sons métalliques et déroutants, vagues pizzicati, chuintements, soupirs graves... Un vieux lit ! Non ; il y avait trop de richesses potentielles dans les bruits qu'éveillaient les attouchements aveugles de Quentin. Un sommier de piano ! Un sommier de piano, avec ses cordes et ses petits marteaux ! Quentin hocha la tête, heureux d'avoir résolu cette énigme, puis il eut une pensée inamicale à l'égard des inconnus qui s'étaient débarrassés ici de l'épave, et, d'un coup de pied sonore, il se vengea de la bûche qu'il avait prise.

Ce n'était pas la première fois, au demeurant, que le chantier abandonné faisait office de décharge publique. Périodiquement, les loulous du quartier y venaient, à la nuit, démonter des motos ou des cyclomoteurs volés. Et souvent, en partant travailler le matin, Quentin trébuchait contre des cadres disséqués, amputés de tous leurs accessoires monnayables.

L'incident avait dissipé les vapeurs d'alcool dans lesquelles il se complaisait quelques instants plus tôt. Il s'apprêtait à regagner sa chambre quand un gémissement étouffé l'arrêta. Il tendit l'oreille, et comprit aussitôt qu'il s'agissait de Louise. Il hésita sur la conduite à tenir. La chambre au papier peint décoloré, où la jeune femme avait élu domicile, était toute proche. Il pouvait la rejoindre d'un bond, mais il n'était pas sûr qu'elle tirât de sa présence un quelconque réconfort. Elle se montrait farouche dans ses moments de dépression, et rembarrait parfois durement celui qui s'offrait à la consoler.

Tandis qu'il réfléchissait ainsi, les plaintes redoublèrent et balayèrent ses doutes. Comme il s'y attendait, les volets démantibulés et la fenêtre elle-même, dont la crémone ne fonctionnait plus, ne lui opposèrent que peu de résistance.

« Louise ! Louise ! » appela-t-il dans l'ombre.

Elle dédaigna de répondre. Il se hissa sur le rebord de la fenêtre et sauta dans la pièce.

« Louise ! C'est moi, Quentin... Que se passe-t-il ? »

Il craqua une allumette. Louise était prostrée sur sa couche. Ses maigres épaules nues dépassaient de son duvet. Quentin s'étonna ; il la savait frileuse. Elle ne dormait jamais nue, à sa connaissance, et même dans l'amour, son étreinte conservait quelque chose d'adolescent, de furtif et de précipité, du fait qu'elle se donnait tout emmitouflée.

Il l'appela de nouveau sans plus de succès. L'allumette commençait à lui brûler les doigts. Il avisa une bougie, fichée dans le goulot d'une bouteille au chevet de la jeune femme, et l'alluma.

« Louise, enfin, que se passe-t-il ? »

S'agenouillant près d'elle, il la prit par les épaules et la força à se retourner. Elle se débattit faiblement, puis s'abandonna, offrant à la vue de Quentin un visage blême et défait. Les larmes et la sueur, mêlées, ruisselaient sur ses joues creuses, et de sa bouche s'exhalait une haleine aigre d'ivrogne ou de malade.

« Louise ! Tu n'es pas bien... Je peux t'aider ? »

Ses paupières se soulevèrent avec peine.

« Quentin ? Quentin ?

— Oui, c'est moi. Comment te sens-tu ?

— Oh ! Quentin, ça ne va pas... C'est ce champagne. Je n'aurais pas dû en boire autant. Je me suis endormie, et puis... »

Elle éclata tout à coup en sanglots, et laissa rouler sa tête sur la poitrine de Quentin.

« Allons, allons ! Tu as fait un cauchemar, j'imagine, mais c'est fini, maintenant.

— Non, ce n'était pas un cauchemar... Pas au début. Au contraire ! J'étais petite fille, et mon père m'avait acheté un vélo, mon premier vélo. J'apprenais à me tenir dessus, j'avais un peu peur, et en même temps j'étais très heureuse. A un moment (mon père se trouvait à l'autre bout du jardin) j'ai voulu lui montrer mes progrès et rouler toute seule jusqu'à lui... C'était facile ; la pelouse était en pente, il me fallait à peine pédaler, je n'avais qu'à me cramponner au guidon. J'appelais mon père : *Papa ! Papa ! Regarde-moi, je sais aller à vélo ! Regarde-moi, papa !* Il s'est retourné et m'a aperçue. Il m'a souri, et moi, toute fière, je me suis mise à pédaler de plus en plus vite. Lui, il a ri, il a applaudi... Il faisait si beau ! C'était l'été, un soleil radieux, l'herbe de la pelouse était verte, verte ! et toute piquée de boutons d'or et de pâquerettes... Mais tout à coup, je ne sais pas, la prairie a basculé, la pente s'est accentuée, et j'ai dévalé à une vitesse folle. Je ne riais plus, j'avais peur à présent ! Je n'arrivais plus à maintenir le guidon droit, et j'appelais, *Papa, papa, arrête-moi, je t'en prie, arrête-moi !*

— Allons, calme-toi. C'est fini.

— Oui, oui, tu as raison... Mais c'était horrible. Mon père s'est élancé pour me couper la route, car le jardin n'était pas clos et donnait sur un précipice. Il a couru, couru ! Je voyais ses traits se déformer, se crisper... Il était cardiaque. Il avait déjà fait deux attaques ; il pouvait mourir d'une seconde à l'autre. Nous le savions tous, à la maison.

— Et dans ton rêve, il te rattrapait ?

— Non. Je crois que je me suis réveillée à l'instant où nous allions nous croiser. Il tendait une main vers moi, tandis que l'autre se portait à son cœur. Il grimaçait de douleur. Le précipice s'ouvrait sous ma roue. Voilà tout ce dont je me souviens. »

Louise se tut.

« On fait de drôles de rêves, des fois, dit Quentin dans le seul but de rompre le silence. Tu veux une cigarette ? »

Elle hocha la tête. Ils s'allumèrent à la flamme de la bougie.

« C'était ici, n'est-ce pas ? »

Louise sursauta.

« Que veux-tu dire ?

— Le vélo offert, la leçon dans le jardin. Dans la réalité, je veux dire. Vous habitiez ici. C'était votre maison.

— Qu'est-ce qui te fait croire ça ?

— Rien. Je le crois, c'est tout. »

Elle le dévisagea avec une attention inaccoutumée.

« Et cette chambre, reprit-il, c'était la tienne. Là, ton lit. Là, ton armoire, et là-bas ton piano. Et quand tu es devenue une petite jeune fille, on t'a acheté une coiffeuse. On l'a installée là, entre le piano et la fenêtre. Je me trompe ? »

Louise laissa errer son regard autour de la pièce nue.

« Non. C'était ma chambre, en effet. Mon père est mort dans l'escalier, à l'endroit où tu m'as rencontrée la première nuit, tu te souviens ? Deux ans plus tard, mon frère aîné s'est marié. Nous avons déménagé ; la maison était trop grande pour nous, désormais. »

Elle écrasa sa cigarette dans la boîte de conserve qui lui servait de cendrier.

« Fais-moi l'amour, va ; peut-être après je pourrai dormir. »

XXII

UN matin, Hugo retira définitivement du rayon les *Contes* de Iago de Saint-Aubigny. Il s'éveillait de cette période de sa vie comme d'un rêve inavouable. Mais un songe ne laisse pas de traces. Les coups de tampon dont la dernière page du volume était constellée, et qu'il avait appliqués lui-même, constituaient la preuve de sa folie. Il eut une moue ; folie, n'était-ce pas un bien grand mot pour une manie aussi bénigne ? Il n'avait fait que réagir d'une certaine manière, certes aberrante, mais inoffensive, à l'humiliante indifférence du public et aux railleries du personnel. Pourtant cette plongée dans la simulation la plus totale et la plus gratuite l'effrayait rétrospectivement. Il avait fomenté et reconduit mois après mois, année après année, un événement fantôme. Il avait introduit dans les sacro-saintes statistiques de la bibliothèque, et dans la vie même de la municipalité, un élément, ou peut-être un ferment, d'irréalité. Un ferment ? Allons donc ! Il y avait, à cause de lui, une pierre factice dans le mur, mais personne ne s'en apercevrait jamais. Au fond, l'existence tout entière était truffée d'invraisemblances, cousue de fil blanc, et qui s'en avisait ?

Il serra l'arme du crime dans sa serviette, et poussa un soupir de découragement. Une mystification inutile, un acte de subversion ignoré de tous, un concentré de néant, voilà à quoi sa vocation avait abouti.

On frappa à la porte de son bureau. Vite, avant de répondre, il ouvrit un dossier et pointa son stylo sur un bordereau de commande vieux de trois semaines.

« Entrez ! »

Un sous-bibliothécaire furieux apparut.

« Hugo, il faut que je te parle ! Les employés continuent à lire des bandes dessinées à la banque de prêt et à bavarder dans les rayons au lieu de ranger les livres... Et ils m'envoient sur les roses si j'ai le malheur de leur faire une observation ; ça ne peut plus durer ! »

Hugo se força à sourire.

« Calme-toi. Il y a bien longtemps que ça ne peut plus durer, et tu vois, ça dure, ça dure toujours. »

Mais l'autre était hors de lui.

« Non ! La coupe est pleine ; je vais finir par en cogner un, je te préviens !

— Cogner ? Mais tu es fou ! »

Un employé qui arrivait sur les talons du sous-bibliothécaire se mit à brailler à son tour.

« J'ai tout entendu ! Il veut cogner, hein ? Eh bien, qu'il y vienne, nom de Dieu, qu'il y vienne ! »

Suivit un chapelet d'injures d'une violence

ahurissante en ce lieu voué d'ordinaire au silence. Des usagers commencèrent à converger vers le bureau. Hugo, fouaillé par la peur du scandale, bondit de son fauteuil, attira les fauteurs de trouble dans la pièce, et s'y claquemura avec eux. Quand ils en ressortirent, au terme d'une heure de criailleries, il referma la porte et alluma une cigarette d'une main encore tremblante. Ces incidents, de plus en plus fréquents, le laissaient à bout de nerfs et presque hébété. Il était incapable après cela d'avaler la moindre nourriture, et le soir il s'assommait d'alcool pour s'endormir. Il avait assez de lucidité pour comprendre que la dégradation de la discipline et des rapports humains à l'intérieur de l'établissement lui était pour une large part imputable. Il manquait à la fois de chaleur et d'autorité. Il ne faisait figure auprès de ses collaborateurs ni de chef ni d'ami. On ne voyait en lui qu'une sorte d'ectoplasme indécis, contradictoire, tantôt revêche et tatillon comme un vieux prof, et tantôt d'une insouciance qui confinait au j'm'enfoutisme. Et son service — vingt personnes, un budget se chiffrant en millions de francs — roulait et tanguait ainsi qu'un navire démâté sous des cieux noirs, lourds d'une imminente sanction administrative.

En sa qualité de cadre responsable, Hugo était averti plusieurs semaines à l'avance de la date de la visite médicale obligatoire. Au reçu de la circulaire, il ordonnait à un de ses adjoints d'établir l'horaire des visites en fonction de l'emploi du temps de chacun et des nécessités du service, puis il s'efforçait de n'y plus penser. Peine perdue ! Son anxiété s'accroissait à mesure que l'échéance approchait.

Le jour dit, il repoussait avec peine la tentation de rester chez lui, à l'abri de tout examen et de tout diagnostic. Il se livrait avant de partir à des ablutions plus consciencieuses que d'habitude et changeait de linge de corps. Il se montrait toute la matinée d'une humeur de dogue. Quand enfin son tour venait de monter dans le camion de la médecine du travail garé devant l'immeuble, son cœur battait la chamade. Et quand le médecin, après la visite et la radiographie, lui donnait les quelques pieux conseils de rigueur, faire un peu d'exercice et diminuer sa consommation de tabac et d'alcool, il ne l'écoutait que d'une oreille distraite, si grande était sa joie qu'on ne lui eût encore rien trouvé. Sauvé ! Une fois de plus, sauvé ! Il se rhabillait à la hâte, allumait une cigarette, et filait boire un verre en manière d'action de grâces avant de regagner son bureau.

Le couperet, quand il tomba, tomba mollement. Hugo avait souvent imaginé une scène dramatique : le médecin blêmissait en l'auscultant, ou quelque chose de ce genre. Il ne se produisit rien de tel. Cette année-là, on le retint plus longuement au sortir de la cabine de radiographie. On lui posa les questions rituelles avec plus d'insistance. On le pria d'attendre un instant après s'être habillé.

Hugo obéit. Il ne dut patienter que quelques

minutes. L'homme en blouse lui tendit une lettre cachetée.

« Pour votre médecin traitant, dit-il. Voyez-le sans tarder.

— Bien, docteur.

— J'attire son attention, dans cette lettre, sur la nécessité de procéder à quelques examens complémentaires. Il vous aiguillera sur le laboratoire approprié.

— Bien, docteur.

— Allez, et ne vous inquiétez pas, hein ? Simple précaution. Contrôle de routine. Mais tout de même, ne perdez pas de temps.

— Merci, docteur. Au revoir, docteur. »

Hugo s'accouda au comptoir et commanda un rhum. Il n'éprouvait rien de très particulier. Il se sentait simplement un peu étourdi. Il but une gorgée et se fit apporter un paquet de cigarettes par le serveur. C'était contraire aux usages de la maison, mais il venait ici plusieurs fois par jour ; on ne lui refusait rien. Le patron, un homme jovial et gras, lui sourit de loin d'un air complice. Hugo songea au prix qu'il devrait sans doute payer ces menus privilèges, les cigarettes au comptoir et les clins d'yeux du tenancier, et cet homme, un instant, lui inspira de l'horreur. Il lui rendit cependant son sourire. Il vida son verre, régla sa consommation et ses cigarettes, et se dirigea d'un pas tranquille vers la bibliothèque. Il croisa en chemin un de ses subordonnés. Celui-ci, son nœud de cravate mal resserré, venait à l'évidence de passer la visite.

« Bon pour le service ?

— Ma foi, oui, et toi ?

— La bête est saine, paraît-il. Il faut fêter ça ; je t'offre un verre.

— Non merci. A tout à l'heure. »

Ils se séparèrent. Hugo enfonça ses mains dans ses poches. La lettre était là. Tiens, il l'avait déjà oubliée ! Il la déchira en deux, puis en quatre, puis en huit morceaux qu'il jeta dans une bouche d'égout. Il n'avait pas de médecin traitant. Le moment venu, pensa-t-il, le moment venu, il prendrait ses dispositions.

Dès lors, comme il avait jadis tiré une dernière fois ses billes de collection de leur sac pour les mirer une à une au jour qui entrait à flots par la fenêtre de sa chambre d'enfant, Hugo inventoria le contenu de sa mémoire. Une surprise l'attendait. A mesure qu'il remontait dans le passé, des amas d'or et de gemmes scintillaient dans la pénombre. Partout où il avait entassé des cailloux, il découvrait des pépites et des cristaux. Les heures grisâtres d'autrefois, décomposées, recomposées au travers de prismes mystérieux, chatoyaient à présent sous son regard émerveillé. Sans le savoir, il avait vécu comme un prince ou un aventurier de légende. Il n'avait rien à envier à ceux dont l'Histoire feint de retenir le nom. Une même lumière baigne toutes les vies. Il suffit de naître, d'écarter les vantaux de chair de la porte du monde, pour que la splendeur des crépuscules vous inonde ainsi que le seau d'eau du farceur. En quelques semaines, indifférent au tumulte anodin de l'époque, Hugo accomplit le pèlerinage intérieur des agonisants. Il revisita ses lieux saints, ses catacombes et ses belvédères. Il buvait comme un trou, et dans ce trou peu à peu il disparaissait. Il fumait à pleins poumons, et il s'en allait lui-même en fumée. Il n'était plus là qu'à moitié, à demi et plus qu'à demi transparent, bientôt fantôme, ombre en chemin vers la limpidité de la mort. Il n'était plus que mémoire.

Des heures durant, assis à son bureau, ou dans sa chambre nue, allongé sur son duvet, il se souvenait. Il se souvenait de tout et de rien, de l'essentiel et de l'accessoire, d'un portrait de sa mère morte lors de sa naissance et d'une branche de lierre serpentant sur la façade d'un préventorium où il avait dû passer quelques mois à l'âge de huit ans. Il se souvenait des récréations dans la cour de l'école communale, du cliquetis des osselets de métal sur le bitume, des parties de « balle au prisonnier » ou de « délo »... Ah ! la délo ! De tous les jeux, c'était celui qu'il préférait, bien qu'il différât peu, en soi, du jeu des gendarmes et des voleurs ou des « éperviers ». Il s'y donnait à corps perdu. Bondissant, héroïque, encouragé à grands cris par ses camarades prisonniers, il forçait le barrage des gardiens, feintait, repartait comme un bolide, la mèche sur l'œil, la main tendue, les poumons en feu... *Délo !* Il effleurait les doigts d'un des emprisonnés et la cage s'ouvrait, la bande s'égaillait aux quatre coins de la cour dans une clameur triomphante. Hugo, épuisé, se laissait empoigner. Il était pris, mais les gars de son équipe ne tarderaient pas à voler à son secours. Et déjà il piaffait d'impatience, il les appelait d'une voix éraillée : *Hé ! Hé ! Les mecs, à moi ! A moi les mecs !* Ah, quel beau jeu c'était, la délo, la délo, la délivrance !

Il se souvenait de la Bretagne et de ses odeurs, du remugle puissant qui régnait chez les fermiers, et qui faisait froncer le nez à sa grand-mère et à ses tantes : chien mouillé, cendre froide, petit-lait, crasse humaine et parfois pire encore ! C'était irrespirable certains jours, mais il avait appris à supporter cette puanteur et même à l'aimer. Il s'y glissait, quand il entrait dans la salle commune de la ferme, comme sous une chaude couverture. Et puis, quand on en ressortait, la pluie bretonne sentait elle aussi toutes sortes de choses. La bouse, bien sûr, et la paille humide et la fiente de poule, la pomme pourrie et la luzerne, et partout, en arrière-fond, la Grande Odeur, l'haleine de l'Océan tout proche.

Il se souvenait des sauterelles que son grand-père l'envoyait capturer pour la pêche à la truite. A croupetons dans la prairie, Hugo traquait les malheureux insectes jusqu'à ce qu'il en eût empli la grosse boîte d'allumettes de ménage qu'on lui confiait à cet effet. Il revenait par les chemins creux, tenant contre son oreille la boîte crépitante des sauts désespérés des captives.

Il se souvenait de cet après-midi où son père avait refusé de l'emmener à bord de *Motu-*

tunga. Ses cousins étaient de la fête, mais on l'avait jugé trop jeune pour cette longue partie de pêche. Hugo les avait accompagnés jusqu'au bateau, puis, le cœur gros, il était rentré seul par la grève. C'était jour de grande marée. Déjà, les vagues mordaient la limite habituelle du flux et battaient des rochers la plupart du temps épargnés. En maint endroit, au passage des éperons, il lui faudrait se glisser entre la muraille de roche et la muraille d'eau dans l'intervalle de deux rouleaux. Comme il escaladait les premiers contreforts de la falaise, il hésita et se retourna vers la mer. Pour sortir de l'anse, *Motutunga* suivait, à quelques centaines de mètres du rivage, une route parallèle à la sienne. Hugo reprit sa marche. D'instant en instant, la montée des eaux rendait impraticable tel couloir, dissimulait tel entablement sous un bouillon d'écume.

Il longea d'abord une crête médiane, trois bons mètres au-dessus des flots. Il connaissait bien la falaise. S'il avait été possible de se maintenir jusqu'au bout à cette hauteur, ce n'eût été qu'une promenade. Mais, pour trouver des prises, il lui faudrait bientôt redescendre où la mer cognait à grands coups.

Il n'était vêtu que d'une chemise et d'un short, et il tremblait de froid. Il ne trembla de peur qu'un peu plus loin, à l'endroit où la falaise s'incurvait à sa base. Ici, la muraille s'effondrerait un jour. Son grand-père l'avait dit : ces milliers de tonnes de granit dégringoleraient d'un coup.

« Quand, grand-père, quand ?

— On ne sait pas, mais chaque vague compte. Il faut un certain nombre de vagues pour creuser une certaine épaisseur de granit. Quand ce nombre sera atteint, l'équilibre sera rompu, et tout ce pan basculera. Nous ignorons le nombre, Hugo, mais il existe... C'est comme s'il était déjà inscrit, avec bien d'autres, dans un registre caché. »

Hugo chancela. Une formidable claque s'était abattue sur ses épaules. Son crâne sonna contre le roc. Il crut une seconde que cette vague était la bonne, la dernière, et que la falaise s'était écroulée sur lui. Mais non, étourdi, éructant, il rouvrit les yeux. Il était encore vivant, et le nombre n'avait pas été atteint. Dans un mouvement de bravade enfantine, il laissa trois autres vagues déferler sur lui. Les temps n'étaient point révolus, et la falaise ne broncha pas. Il se décolla de la paroi, gagna à la patauge une arête propice, et se hissa hors de l'eau. *Motutunga* n'était plus qu'un point à peine visible sous l'horizon.

XXIII

VINT un printemps pluvieux ; le sol du terrain vague, longtemps durci par le gel, tourna en boue. La tapisserie de givre dont s'ornait et s'aveuglait l'œil-de-bœuf de la chambre de Quentin avait fondu. Ne restait qu'une vitre sale, brouillée de pluie, un voile douteux tendu entre le monde et lui.

Il s'ennuyait. Ses premiers mois dans son emploi d'O.S. avaient exigé de lui un tel effort d'accommodation que toutes ses préoccupations antérieures avaient été reléguées au second plan. Par la suite, l'irruption dans sa vie de Manoir, de Hugo, de Louise surtout, l'avait à nouveau détourné de lui-même. Le répit que lui avaient apporté ces diversions successives était arrivé à son terme. Son travail sur la fosse ne réclamait plus toute son attention ni toute son énergie. Il s'était physiquement endurci, dans le même temps qu'il acquérait les automatismes nécessaires à sa tâche. Celle-ci s'était dégradée en routine, laissant son esprit libre de vagabonder comme par le passé. Et ces vagabondages, chez d'autres féconds ou délassants, n'aboutissaient dans son cas qu'à de mornes ruminations.

Il avait compris, d'autre part, que sa liaison avec Louise ne modifierait en rien son destin. Ils s'étaient croisés, comme deux voyageurs dans une gare. Ils avaient sympathisé, le temps d'échanger quelques mots. Ils n'attendaient pas le même train.

Ainsi Quentin se retrouvait-il confronté à lui-même : autant dire au néant. Pour ce qui le concernait il avait perdu toute illusion salvatrice ; il ne se surprendrait plus. Sa jeunesse, c'est-à-dire sa lune de miel avec lui-même, était terminée. Il ne deviendrait jamais un héros. Il ne sauverait jamais la fille du roi des griffes d'un dragon. Il ne ferait jamais fortune. Il ne serait jamais pilote de chasse, ni chanteur à succès, ni champion de tennis. Il ne serait jamais que lui-même, une créature insatisfaite et veule, lasse de tout avant d'avoir rien entrepris, mal éveillée, voilà, mal éveillée du grand sommeil originel, et animée de la seule ambition d'y replonger bientôt comme en un puits de plumes, la tête la première et les paupières closes.

Ses résolutions du début s'effritèrent. Il arrivait de plus en plus souvent en retard à l'usine. Pour comble, ces manquements ne pouvaient passer inaperçus. En raison des horaires des trains, c'était tout l'un ou tout l'autre : on pointait à l'heure juste ou bien en fin de matinée. Verlay n'avait encore trop rien dit, mais son accueil plus froid de jour en jour laissait entendre qu'il ne se contiendrait plus très longtemps. Plusieurs fois, Quentin tenta de se reprendre. Il évitait la compagnie de Hugo, qui l'entraînait à veiller et à boire. Il se couchait tôt, après avoir vérifié et revérifié qu'il avait bien réglé et remonté son réveille-matin, et disposé en bon ordre denrées et ustensiles en prévision de son petit déjeuner. Cela durait trois, quatre jours, puis Hugo organisait une sauterie, ou bien Louise l'invitait à passer la nuit auprès d'elle, et il émergeait le lendemain à neuf heures et demie, abruti, furieux, non moins bourrelé de remords qu'un alcoolique retombé dans son vice.

Une fois sur deux, ces matins-là, il téléphonait à l'usine sous l'œil goguenard du patron du Garigliano, et prétextait des maux imaginaires pour expliquer qu'il ne pourrait venir aujourd'hui, mais qu'il serait à son poste, *sans faute,* dès demain.

Sinon, il prenait le train de dix heures et parcourait à pied les derniers kilomètres. Tout en longeant la voie ferrée, arc-bouté contre le vent et la pluie dont son mauvais caban ne le protégeait guère, il songeait au coup d'œil à la fois las et courroucé que lui lancerait Verlay à son arrivée. Pire encore, il s'attendait d'un jour à l'autre à ce qu'Augier le convoquât dans son bureau. Il se rappelait sa première entrevue avec le chef du personnel, et le mélange de cordialité et de rudesse dont celui-ci avait fait preuve, ce tour qu'il avait eu de le persuader qu'il ne s'engageait pas seulement vis-à-vis de l'entreprise mais, d'homme à homme, vis-à-vis de lui-même, et il rentrait par avance la tête dans les épaules.

Quentin l'avait appris de ses collègues, Augier était un officier en retraite. Il avait servi en Indochine, puis en Algérie, et le passé de baroudeur qu'on pouvait lui supposer impressionnait la plupart des O.S. Devant lui, Quentin se sentait fait d'une matière ridiculement légère ou fragile : du balsa, ou de la moelle de sureau. Mais au fond, songeait-il, Augier, Verlay, Gérand lui-même, c'était tout un ; des réalistes, des esprits binaires. Le monde leur appartenait. Leur capacité de simplification les rendait aptes à le modifier, chacun à son échelon et à sa manière. Quentin les détestait, oubliant ce qu'il leur devait : à Gérand de l'avoir tiré du ruisseau, sinon du fleuve ; à Augier de l'avoir embauché malgré ses réticences instinctives ; à Verlay enfin de l'avoir dépanné quand il ramassait, pour survivre, les croûtons de pain sur la table de la cantine. Par son attitude il trahissait leur confiance, et sa honte se transformait en haine. Il se montait la tête, et voyait en Gérand un technocrate déshumanisé, en Augier un garde-chiourme tyrannisant le personnel placé sous sa coupe. Quant à Verlay, ce n'était qu'un « petit chef » obsédé de cadences et de rendement... Mais Quentin était trop intelligent pour se leurrer longtemps d'une vision des êtres aussi caricaturale. Gérand, Augier et Verlay agissaient assurément en fonction de leurs responsabilités professionnelles, et nul ne pouvait les en blâmer. S'il venait à perdre cette place comme il avait déjà perdu toutes les autres, il ne le devrait qu'à lui-même. Toute sa vie, il avait eu le don de se mettre dans son tort... Il se souvint des circonstances dans lesquelles, quinze ans plus tôt, il avait été renvoyé du lycée d'Éparvay. Il faisait un assez mauvais sujet, mais ses turpitudes, fumeries et chahuts, fraudes et menus larcins, absences inexcusées, n'excédaient guère les traditionnels écarts de conduite d'un honnête potache. Il n'y avait d'ailleurs aucune commune mesure entre ces vétilles et l'affaire qui avait motivé son renvoi. Un matin de mai, vaguement endimanché, il avait comparu devant le conseil de discipline du lycée. Les sourcils froncés et les maxillaires durcis des surveillants et des professeurs réunis trahissaient clairement leur détermination. Le siège de ses juges était fait avant même qu'il eût ouvert la bouche. On n'avait convoqué le conseil que pour la forme, et pour donner, aux fins d'édification de toute bonne justice, le maximum de publicité et de solennité à la sentence. *Quentin avait frappé au visage un professeur aveugle.* La chose était avérée par le témoignage spontané d'une élève. La victime, dans le brouhaha qui avait suivi l'agression, avait entendu une voix féminine s'écrier : *T'es dingue ou quoi, Quentin ?*

L'accusé ne niait pas la matérialité des faits. Tout au plus s'efforça-t-il d'en travestir le sens — et bien sûr d'en minimiser la gravité. Au demeurant on l'écoutait à peine.

« Selon vous, il ne s'agirait que d'un accident, voire d'un incident ? » ironisait le surveillant général.

Quentin, debout au centre d'un prétoire

improvisé, transpirait à grosses gouttes dans son petit costume de prisunic.

« Ben oui... On chahutait, et alors...

— Vous chahutiez un infirme. C'est bien cela ?

— Euh... Oui. Et alors j'avais pris un pull-over...

— Le pull-over d'une de vos camarades ?

— Oui.

— Pour quoi faire, s'il vous plaît ?

— Pour l'embêter un peu, quoi, pour m'amuser.

— Permettez-moi de vous dire qu'un rien vous amuse ! Enfin, continuez.

— La fille m'a menacé de me dénoncer si je ne le lui rendais pas. Alors j'ai lancé le pull par-dessus mon épaule, sans regarder, et c'est le professeur de musique qui l'a reçu dans la figure.

— Vous voulez dire que vous ne l'avez pas fait exprès ?

— Oui. »

Cette réponse provoqua un concert de soupirs incrédules et de reniflements méprisants. On consulta le dossier scolaire de Quentin, on sollicita l'avis de son professeur principal, le censeur y alla d'une brève mais violente philippique. Enfin, à la satisfaction générale, l'accusé fut condamné à mort, c'est-à-dire exclu définitivement du lycée.

Son renvoi ne prenant effet que le lendemain, on avait ordonné à Quentin de regagner sa classe. Mais, outre qu'il n'avait aucune envie d'affronter la curiosité effrayée de ses camarades, il fut saisi, en quittant la salle du conseil, d'un sentiment de détresse, une nostalgie immédiate et déchirante, qui acheva de le dissuader de les rejoindre.

La cour était déserte. Par les fenêtres, Quentin apercevait les têtes penchées des élèves. Le soleil brillait doucement dans un ciel sans nuage. Les premières guêpes des vergers voisins bourdonnaient sous les arbres. L'air était doux, et Quentin, à jamais chassé de cette douceur, allait comme un fantôme revisitant les lieux de son passé. Car sans en avoir jamais pris conscience il avait été heureux ici, entre ces baraquements préfabriqués d'un blanc déjà sale et cette haute et longue construction de briques rouges. Il avait connu là quelques années d'innocence et d'irresponsabilité : la forme supérieure du bonheur. La sentence rendue ne l'expulsait pas seulement du lycée mais aussi de l'enfance, et l'âge d'homme s'ouvrait pour lui sous les auspices de la sanction et de l'exil.

Il marcha à pas lents jusqu'au parking où les élèves rangeaient leurs vélos et leurs cyclomoteurs. Il avait tanné ses parents jusqu'à ce qu'ils lui eussent acheté une « Super Flash ». Il songea qu'il allait devoir leur annoncer qu'il était renvoyé. Renvoyé *comme un malpropre,* ajouterait son père. Il enfourcha l'engin. Il serait certainement question du cyclomoteur, au cours de la pénible conversation à laquelle il lui fallait s'attendre. Voilà comment il les remerciait de leurs sacrifices : les études, l'argent de poche, la « Super Flash »... Il ouvrit le robinet d'essence et actionna le *kick*. Le moteur, bien qu'il fût encore presque neuf, produisit une formidable pétarade. Quentin avait démonté délibérément la sourdine du pot d'échappement, pour aller plus vite et pour faire plus de bruit. Il démarra, franchit le portail du lycée, et s'élança sur l'avenue dans un bruit de crécelle géante. Méprisant la réglementation préfectorale, il conduisait cheveux aux vents, visage nu, sans casque ni lunettes. Il eut bientôt les yeux brouillés de larmes.

Quinze ans avaient passé, mais c'était le même Quentin, toujours vaincu, toujours exclu au bout du compte, qui s'inquiétait des conséquences de sa dernière incartade. Il semblait que ce jour-là, en ce mois de mai si doux, si lumineux de son adolescence, une mécanique implacable se fût mise en marche. Car dix fois depuis lors, en d'autres lieux, en d'autres circonstances, le même piège s'était refermé sur lui. Il avait été renvoyé d'un second lycée, puis de la boîte à bachot où ses parents, jouant banco, s'étaient résignés à l'inscrire. Il n'avait décroché son baccalauréat qu'en 1968, l'année où tout le monde l'avait eu. En son for intérieur, il comptait pour rien ce diplôme soldé. Il avait eu ensuite la malchance de se faire renvoyer de l'université, où pourtant on ne se montrait exigeant ni sur la qualité, ni sur l'assiduité des étudiants! Alors, dépourvu de vrai bagage comme de tout métier, il avait traîné sa paresse de job en job, glissant toujours plus bas jusqu'à sa rencontre avec Gérand.

Au détour de la voie ferrée, il aperçut, lointaines encore, les premières constructions de N. Il pressa machinalement le pas. Presque aussitôt la vanité d'un tel sursaut lui apparut. Il avait trois heures de retard ; toute hâte était désormais inutile.

XXIV

La bohème de Louise cachait une détermination dont aucun de ses compagnons, sinon peut-être Quentin, n'avait pris la mesure. Ils lui reconnaissaient un joli brin de voix. Ils concédaient qu'elle jouait agréablement de la guitare. Ils l'applaudissaient volontiers quand elle chantait pour eux. Ils ne croyaient pas un instant qu'elle fût destinée à « faire une carrière ». Ils la voyaient vivre, comme eux-mêmes, à l'écart de la vie. Ils n'imaginaient pas que le public pût s'enticher de son image de fille facile entêtée de mélancolie, de déclassée rôdant aux marges de l'époque, pourvu que quelques chansons bien ficelées la lui proposent avec assez d'insistance.

Avec une opiniâtreté qu'ils étaient donc bien loin de soupçonner, Louise travaillait à parfaire cette image. Presque chaque soir à présent, elle chantait dans un cabaret. Là, attentive aux réactions de la salle, elle peaufinait les quinze ou vingt morceaux parmi lesquels elle espérait sélectionner bientôt les titres de son premier disque. Elle portait cet album en elle comme elle eût porté un enfant. Elle en rêvait, elle en esquissait la maquette, à ses moments perdus, sur un calepin qu'elle dissimulait jalousement.

Ce disque, ce serait elle. Son monde et son histoire ; Alice au pays des laideurs quotidiennes. Elle avait procédé d'instinct à une sorte d'*étude de produit* — le produit en question n'étant autre qu'elle-même. Elle estimait avoir une chance à courir : celle de chanter le désenchantement mieux que personne.

Il lui manquait une chanson fétiche. Un de ses amis du show-business avait ainsi formulé son diagnostic. Cet impresario, bébé-requin alléché par le coup à monter, par l'argent qui risquait de jaillir, pressentait en elle, depuis quelques mois, la métamorphose qui change les galériens du spectacle en vedettes potentielles. Et, de plus en plus persuadé qu'elle mûrirait très vite désormais, il s'était rapproché d'elle, il la suivait, il se plaçait. Mais il fallait un tube, ou du moins une chanson susceptible d'en devenir un, pour convaincre une maison de disques de miser quelques millions sur cette promesse. Or, rien de ce que Louise avait jusqu'alors engrangé n'accrochait assez l'oreille. Anxieuse de franchir ce dernier obstacle, elle s'échinait vainement à composer une mélodie à la fois familière et déroutante. Car, de l'avis de Frank — tel était le nom de celui qui se voulait dorénavant son agent — c'était l'alliance de ces qualités antagonistes qui produirait l'effet d'obsession recherché.

Louise composait le matin, après le départ des trois hommes, sous la protection des chiens de Hugo. Celui-ci, qui s'était durant des semaines épuisé en allées et venues entre la Faculté, la Cité Allende et la bibliothèque, avait trouvé cette solution qui satisfaisait tout le monde : Louise gardait les chows, les chows gardaient Louise, Louise et les chows gardaient la maison contre d'éventuels visiteurs mal intentionnés.

La jeune femme se levait tard. Elle ouvrait largement les volets de sa chambre, ce qu'aucun de ses compagnons n'eût osé faire, afin de profiter des rayons du soleil. La maison n'avait pas de vis-à-vis. La lumière y fût entrée à flots, si ses occupants ne s'y étaient tenus calfeutrés de peur de se trahir. Louise faisait fi de cette pusillanimité. Elle ouvrait au soleil, puisqu'il grattait à sa fenêtre comme un chat. Elle mettait de l'eau à chauffer et courait chaparder un paquet de cigarettes dans la réserve de Hugo. Elle déjeunait de café et de gaufrettes, puis, tirant à elle sa guitare et son papier à musique, elle travaillait toute la matinée en fumaillant.

Ce fut par un de ces matins paisibles que le hasard lui vint en aide. Comme elle biffait, mesure après mesure, la transcription d'un air dont elle avait eu l'idée en s'éveillant, mais qui déjà la décevait, des sons, tout proches, lui firent dresser l'oreille. C'était une série de vibrations frustes, métalliques, des poignées de notes jetées au vent par une main désinvolte. Puis cela s'organisa en une séquence de cinq ou six « accords » discordants, répétés à intervalles à peu près réguliers. Louise, intriguée, s'approcha sans bruit de la fenêtre.

A quelques mètres, tout près du mur, un gamin, âgé peut-être de huit ans, ébranlait de l'extrémité d'un bâton les cordes d'un vieux sommier de piano. Elle le reconnut ; elle l'avait déjà souvent aperçu dans le quartier, en compagnie d'une bande de délurés dont il était visiblement le cadet. Pour l'heure il était seul, et, penché sur l'épave, il s'efforçait de retrouver un air. Il se trompa, soudain, dans la succession des coups qu'il portait aux faisceaux de cordes, et de cette variation fortuite naquit une ligne mélodique nouvelle, qui frappa Louise au cœur. C'était *cela* qu'elle cherchait à exprimer depuis des semaines. Une tristesse aérienne, un vacillement de la mémoire... Elle aurait voulu reproduire, et communiquer à d'autres, ce qu'elle avait ressenti un jour, dans le métro, en entendant loin sous la voûte la plainte d'une des dernières scies musicales de Paris. Elle marchait, elle s'en souvenait, une ombre parmi cent ou mille, entre deux haies de sourires géants. Elle piétinait, vidée d'elle-même, dans la vacuité du message mercantile, et tout à coup la vieillotte musique de l'infirme, là-bas, éveillant en elle des échos enfouis, illuminant d'un coup de phare la zone obscurcie des vrais sentiments et des vrais souvenirs, avait rompu le sortilège décérébrant... Louise tendit la main en direction de l'enfant, comme pour saisir dans l'air la phrase musicale.

A cet instant, les chiens de Hugo firent irruption dans la chambre. Ils somnolaient à l'étage supérieur. L'aubade les avait réveillés. Ils accouraient, prêts à déchiqueter l'importun. Ils bousculèrent Louise, se dressèrent contre l'appui de la fenêtre, et aboyèrent furieusement. Le gosse, effrayé, recula de quelques pas. Louise s'empressa de le rassurer, tout en calmant les cerbères de vigoureuses taloches.

« Ne crains rien, petit, ils ne peuvent pas sortir. Continue à jouer, c'était très joli ! »

L'enfant, bouche bée, point trop confiant encore, remarqua la langue noire des chow-chows.

« C'est parce qu'ils sont en colère, qu'ils ont la gueule toute noire ?

— Non, c'est leur race qui veut ça ; ils sont nés comme ça, voilà tout. Mais joue comme tout à l'heure, tu sais, la-la-la... »

Louise se mordit les lèvres : la mélodie lui avait échappé.

« Attends ; ne t'en va pas, hein ? J'ai quelque chose de bon pour toi. »

Elle poussa les chiens hors de la pièce après avoir achevé de les apaiser en leur donnant des gaufrettes, et revint bien vite à la fenêtre. Le gamin n'avait pas bougé.

« Regarde : des gaufrettes à la vanille ! »

Elle lui en lança une, qu'il attrapa au vol. Il la goûta prudemment tout d'abord, du bout des lèvres. Sans doute lui avait-on recommandé de ne rien accepter de gens qu'il ne connaissait pas. Cependant cette gaufrette-là ne lui paraissait pas empoisonnée. Il ferma les yeux et la croqua de deux coups de dents fatalistes. Il rouvrit les yeux. Tout ce qu'on pouvait reprocher au gâteau, c'était son goût de trop-peu. De sa fenêtre, la tentatrice lui adressa un clin d'œil malicieux.

« Le paquet est encore presque plein. Je te le donne, si tu me rejoues ce que tu jouais tout à l'heure. D'accord ?

— C'est un air que je connais, mais je sais pas bien, je me trompe tout le temps...

— Ne t'occupe pas de ça, dit Louise, joue ! Tiens, voilà une petite avance, pour t'encourager. »

Elle lui lança une seconde gaufrette. La bouche pleine, il se mit à tapoter le sommier de piano du bout de son bâton. Louise l'interrompit bientôt.

« Non, non, ce n'est pas ça ! Applique-toi un peu, mon petit vieux. Allons, recommence, et pense aux gaufrettes ! »

Mais, gêné désormais par le regard de l'adulte, il ne s'appliquait à présent que trop, et tapait avec raideur, *ploïng-ploïng-ploïng*, un mélange cacophonique d'*Au clair de la lune* et d'*Il pleut bergère*. Louise, découragée, abrégea l'expérience.

« C'est bien, c'est bien ; tu peux arrêter, maintenant. Tiens, voilà tes gaufrettes. »

Il bloqua adroitement le paquet, et en vérifia le contenu. Elle n'avait pas menti : il était aux trois quarts plein.

« Merci, m'dame.

— Reviens jouer quand tu voudras. La prochaine fois, je te donnerai des gaufrettes à la cerise.

— Oui, madame. Au revoir, m'dame. »

Il s'éloigna, pensif, à travers le terrain vague. Tout en marchant, il fredonnait et engloutissait gaufrette sur gaufrette. On était mercredi. Il avait toute chance de rencontrer sa bande de copains dans le coin, et moins il resterait de gaufrettes dans le paquet à l'instant des retrouvailles, mieux cela vaudrait.

La petite musique ne revint se poser sur l'épaule de Louise que plusieurs jours plus tard, alors qu'elle n'espérait plus l'entendre resurgir. Elle rentrait de la Contrescarpe en taxi, après son tour de chant. Il était tard, elle était lasse et mécontente. Le public, une bande d'étudiants trop nombreux, trop joyeux pour prêter attention aux artistes, l'avait à peine écoutée ce soir-là. Elle ferma les yeux et se laissa aller sur la banquette. Quand elle aurait enregistré son disque, elle ne ferait plus de cabaret... Elle ne se produirait plus que dans des salles de music-hall, où les gens ne viendraient que pour elle. Ah, quand elle aurait enregistré son disque, tout serait différent, elle existerait enfin, nul ne pourrait plus en douter... Pas même elle !

Le taxi filait dans la nuit, et Louise rêvassait sur la banquette arrière. Là-bas, dans la grande maison isolée au milieu d'un no man's land de gravats et d'herbes folles, ils devaient déjà tous dormir. Ils ne croyaient pas en elle, eux non plus. Oh ! ils l'aimaient bien, sans doute ! Mais ils se trompaient sur son compte, ils la prenaient pour une brave fille un peu paumée, une perdante, comme eux, mais ils verraient !

Elle ne hanterait pas comme eux le labyrinthe jusqu'à sa mort ; elle tenait le fil, elle possédait la clé. Bientôt, elle déboucherait au grand jour. Elle épousseterait ses joues et ses cheveux des plâtres gris et des toiles d'araignées du passé. Elle s'avancerait dans la lumière, et elle prendrait sa place parmi les gagnants, parmi les vivants. Elle visait très haut, non pas même le simple vedettariat, mais le dessus du panier des étoiles ! Elle rêvait sans frein sa propre apothéose, tournées mondiales, amants célèbres, monographies illustrées, couverture consécration des grands magazines... Elle sursauta ; le taxi avait dépassé la devanture éteinte du Garigliano. Elle ordonna au chauffeur de stopper. Comme elle réglait la course, l'attitude de l'homme se fit équivoque. Ces quartiers n'étaient pas sûrs la nuit, pas vrai ? Il s'offrit à l'escorter jusqu'à sa porte, et même au-delà, jusqu'à son lit si elle voulait. Elle répondit de son ton le plus froid qu'elle était attendue. L'homme haussa les épaules et rendit la monnaie.

En descendant de la voiture, elle se garda de s'engager tout de suite sur le terrain vague. Elle traversa la rue, au contraire, et s'engouffra sous le porche d'un immeuble. Elle resta là, immobile dans l'obscurité, jusqu'à ce que le taxi eût démarré. Alors seulement elle retraversa la rue, et gagna la brèche ouverte dans la palissade.

Tout en progressant avec précaution sur le sol fangeux, irrégulier, hérissé d'éclats de parpaings et creusé de vieilles ornières, elle laissa courir sa mémoire, et revit le parc tel qu'il était dix ans plus tôt. Elle revit les allées sinueuses, les bosquets, les massifs de fleurs, les arbres, la pelouse qui servait de terrain de croquet lorsqu'elle invitait ses petites amies de l'école. Elle revit, derrière la maison, en contrebas de la pente herbue sur laquelle elle avait appris à faire du vélo, la tonnelle flanquée d'un faune de pierre au nez brisé, à l'abri de laquelle un camarade de son frère l'avait pour la première fois embrassée sur la bouche. Et soudain la phrase musicale lui monta aux lèvres, débarrassée à présent des scories sonores dont elle s'accompagnait sous la badine négligente du petit garçon, nostalgique, argentine, comme jouée sur un glockenspiel derrière un rideau d'arbres. Alors, vite, elle parcourut les quelques dizaines de mètres qui la séparaient encore de la maison. Elle écarta les volets et se glissa dans sa chambre. A la lueur d'une bougie, elle jeta les quelques notes bouleversantes sur une portée griffonnée au dos d'un paquet de cigarettes.

Pour les coups de cafard et les visites amoureuses, elle gardait en permanence une bouteille de gin dissimulée sous une latte du parquet. Elle courut à la cachette, et là, agenouillée, elle but au goulot une longue rasade d'alcool. Puis elle revint à sa couche, et disposa à portée de sa main cendrier, cigarettes, briquet, bouteille et guitare. Enfin, elle tira de sous son duvet une liasse de papier à musique vierge et se mit au travail.

XXV

L'ABSENCE de Quentin à son poste lors de l'accident devait peser lourd sur sa destinée. D'abord en permettant qu'elle se poursuivît ; car il eût sans doute été broyé, lui aussi, s'il y était demeuré. Ensuite, parce que l'on s'autorisa précisément du coup de chance qui lui avait sauvé la vie pour lui faire porter la responsabilité de la tragédie.

Le pont roulant s'était abattu avec sa charge un jeudi matin, quelques instants après le casse-croûte de l'équipe. Verlay, débordé comme à l'ordinaire, avait confié les boîtiers de commande à Quentin. De son cagibi, il avait entendu un long craquement sinistre. Il avait compris que le pire était en train de se produire. Il avait décroché le téléphone pour alerter le service de sécurité avant même que le châssis déhalé quelques minutes plus tôt eût basculé hors de son berceau.

Bébé Facom, qui n'avait en principe rien à faire sur la fosse à cette heure-là, mais qui avait délaissé de sa propre initiative ses poubelles et son balai pour aider à la mise en place des cales, avait été tué sur le coup, le torse écrasé entre un des moyeux du camion et une palette de pneus.

On espérait sauver la jambe droite de Vaneyck, mais plus jamais il n'escaladerait la plate-forme d'un semi-remorque, la cisaille sur l'épaule, avec des cris d'Indien. Plus jamais il ne courrait au-devant des pneus noirs et bondissants ainsi qu'un toréador. Il finirait probablement sa vie en blouse grise de magasinier, à lire *Le Hérisson* entre deux bordereaux d'outillage ou d'accessoires. Il claquerait le montant de sa pension d'invalidité le premier samedi de chaque mois, en compagnie des putains de V., puisque, Dieu merci, « Popaul » n'avait pas été touché.

Quimper et Blondin, postés aux cales de l'autre côté de la fosse, s'en étaient tirés indemnes. Quentin n'avait dû son salut qu'à l'impérieuse envie de fumer qu'il ressentait toujours après la collation de dix heures. Il avait lâché les boîtiers pour aller chercher son paquet de cigarettes, posé sur une caisse à l'autre bout de l'atelier. Bien sûr, il avait commis une faute en laissant le châssis suspendu... Mais en réalité il aurait été écrasé en même temps que Facom s'il avait tenté de le reposer sur la plate-forme. Car de toute façon le pont roulant devait s'effondrer. En bonne mécanique, la chèvre de droite aurait déjà dû céder à la première traction du treuil, quand Quentin avait soulevé le châssis. La veille au soir, en l'absence de Verlay, les O.S. désœuvrés avaient démonté une poutre de soutènement pour la redresser. Ils l'avaient certes remise en place, mais en oubliant de réinsérer dans son logement la goupille d'acier qui la verrouillait.

Quimper avait retrouvé la goupille au fond de sa poche, dans le courant de l'après-midi. Les rescapés bricolaient sur l'aire. Verlay, après une longue conférence avec Chapard et Augier, suait sang et eau sur son rapport. Quimper appela Blondin et Quentin. A l'abri des regards, derrière un camion neuf, il leur montra la goupille. Les trois hommes se mirent d'accord assez vite. Ils ne ressusciteraient pas Facom, ils ne rendraient pas à Vaneyck l'usage de sa jambe en avouant leur faute. Il fallait se débarrasser de la goupille.

« Mais l'enquête... Va y avoir une enquête, c'est sûr !

— On moufte pas ; l'enquête, ça sera du flan, comme toujours !

— Et s'ils interrogent Vaneyck ? Il était avec nous hier soir. S'il leur parle de la goupille ?

— Vaneyck, à l'heure qu'il est, il passe sur le billard. J'irai le voir à l'hosto ce week-end. Il est pas fou ; il dira rien. Il a sûrement pas envie qu'on lui sucre sa pension d'invalidité pour faute professionnelle... Parce qu'il est dans le coup lui aussi ! Lui aussi, il a fait la connerie.

— Au fait, qui a oublié de remonter la goupille ?

— Tout le monde. On se serre les coudes, compris ? »

Blondin prit la goupille des mains de Quimper. Il marcha jusqu'à la clôture, et lança loin dans le champ voisin le mince lingot de métal.

« Voilà. J'ai jamais vu cette goupille-là de ma vie, et vous non plus.

— Jamais.

— Jamais. »

Quentin eut une pensée pour la mère de Facom. Il imagina une petite bonne femme toute ridée, toute grise. Qui se chargerait de la prévenir ? Augier, sans doute. En tant qu'ancien officier il devait avoir la manière.

« Tu crois que la mère de Facom touchera quelque chose ?

— Si elle était à sa charge, oui, sûrement. »

Quentin se souvint des paroles de Bébé Facom, un jour, à l'endroit même où ils se tenaient aujourd'hui. *C'est marrant, nous autres, on n'a jamais eu de chance...*

« Si elle se laisse pas faire, reprit Blondin, si elle s'emmêle pas dans les paperasses, elle devrait toucher un peu de blé. »

Quentin, en attendant son tour dans le couloir, maudissait le tailleur. Il s'était moqué de lui. Il lui avait vendu un costume beaucoup trop petit. Les bas de pantalon laissaient à nu ses mollets blafards et poilus. En dépit de tous ses efforts, les manches de sa veste couvraient à peine la moitié de ses avant-bras. Oserait-il même se lever, quand on l'appellerait ? Les coutures menaçaient de craquer au moindre mouvement. Pis encore, le pantalon épousait si étroitement ses hanches et son ventre que sa virilité saillait, dès qu'il se redressait, d'une manière à la fois obscène et ridicule. Et cette couleur ! Un jaune à vous crever les yeux... Quant aux bottines en daim violâtre, à bouts pointus et talons hauts, que le tailleur avait réussi à lui vendre par surcroît, non contentes de leur laideur, elles lui blessaient les pieds. Il songea, en se tordant les mains, qu'il avait englouti la totalité de ses économies dans l'achat de cet atroce costume et de ces bottines extravagantes, à la seule fin de se présenter à son avantage devant la commission !

Enfin, la porte de la salle de conférence s'ouvrit. Une secrétaire lui fit signe d'entrer. Il se leva et s'avança en boitillant.

Les membres de la commission siégeaient autour d'une table ovale, tendue de feutre vert. Quentin reconnut Chapard, le directeur de la filiale, entre Augier et Verlay. Augier avait revêtu un uniforme de fantaisie. Verlay était flanqué d'un homme de haute taille, au visage émacié, aux cheveux blancs coupés ras, et dont une paire de lunettes noires dissimulait les yeux. A côté d'Augier se tenait Gérand. Quentin, surpris et soulagé de se découvrir au moins un allié dans l'assemblée, lui adressa un timide clin d'œil. Au lieu d'y répondre, Gérand baissa la tête et griffonna une note sur un calepin à l'aide de son stylo en or. Quand il eut terminé, il glissa quelques mots dans l'oreille de son voisin. Celui-ci n'était autre que Bébé Facom. L'apprenti hocha la tête d'un air entendu. Sa poitrine s'ornait d'une large tache de sang séché. Il jonglait ostensiblement avec un petit cylindre d'acier, qui échappait de temps à autre à ses doigts mutilés, et tombait sur le tapis de feutre avec un bruit sourd. Il s'excusait alors à mi-voix, ramassait l'objet, et recommençait à jouer avec.

Derrière Chapard, une large baie vitrée donnait sur l'aire de déchargement. D'une remorque bâchée jaillissaient d'énormes pneus tout terrain, du plus gros et du plus lourd modèle. Vaneyck s'efforçait de les éviter en sautillant sur sa jambe valide. Il s'appuyait d'une main, comme sur une canne, sur sa jambe droite sectionnée à mi-cuisse, et poussait un cri aigu chaque fois qu'un des bolides le frôlait. Bientôt agacé, Chapard se leva pour tirer d'épais rideaux doublés de tissu noir. L'obscurité envahit la pièce. Les membres de la commission allumèrent alors de petites lampes de travail individuelles, si bien que Quentin ne vit plus de chacun d'entre eux que les mains. Celles de Chapard, qui avait regagné sa place, pianotaient sur la table. Augier gardait les siennes posées bien à plat et parallèles l'une à l'autre. Les pattes d'ancien ouvrier de Verlay reposaient elles aussi sur la table, mais à demi recourbées, comme prêtes à se refermer sur un outil invisible. Son voisin, le vieillard aux joues creuses, avait ôté ses lunettes et en manipulait spasmodiquement les branches. Gérand lissait de deux doigts précautionneux le corps de son stylo. Facom tripotait sa goupille avec un acharnement d'idiot qui a trouvé un bouchon de champagne.

Chapard s'éclaircit la gorge, mais ce fut, curieusement, l'homme aux lunettes noires qui prit la parole. De but en blanc, il prononça contre Quentin une diatribe à la fois violente et confuse, l'accusant des forfaits les plus improbables, comme d'avoir « empoisonné les sources d'Éparvay » et « craché dans la sébile des mendiants ». Quentin voulut nier en bloc ces sottises, mais, sans lui en laisser le temps, Gérand parla à son tour. Comme à regret, il insinua que Quentin, alors qu'il avait été accueilli chez lui à bras ouverts, aurait autrefois dérobé certains objets appartenant à sa famille, pour une valeur de cinq cents francs à peu près. Augier prit la relève. Selon lui, Quentin avait servi sous ses ordres dans le djebel, et s'était *déballonné* face à l'ennemi ; sa lâcheté avait coûté un nombre élevé de vies humaines, ainsi que la perte d'une position importante. Verlay apporta la touche finale à ce portrait de Quentin en révélant qu'il avait négligé de rembourser à la caisse de solidarité de l'équipe la somme que celle-ci lui avait avancée.

Le contremaître se tut. Un long silence suivit sa déposition, silence troublé de loin en loin par la chute, sur le tapis de feutre, de la goupille de Facom. Quentin, engoncé dans son affreux costume canari, dansait d'un pied sur l'autre. Enfin Chapard l'apostropha.

« Eh bien ? Qu'avez-vous à répondre à cela ? »

Quentin battit vaguement l'air de ses deux mains ouvertes. Il allait réfuter toutes ces allégations, bien sûr, mais il ne savait au juste par quoi commencer. Et tandis qu'il y réfléchissait et qu'il les passait en revue dans son esprit, elles ne lui paraissaient plus aussi mensongères... Il lui sembla que chacune d'entre elles recelait un fond de vérité, au moins symbolique, qui l'empêchait de se disculper aussi aisément qu'il l'avait cru tout d'abord.

« Auriez-vous perdu la voix ? » lui demanda Chapard.

Saisissant la balle au bond, Quentin acquiesça et, d'une voix étranglée, sollicita l'autorisation de déposer par écrit. Ainsi espérait-il mettre un peu d'ordre dans ses idées, et répondre à ses accusateurs en paragraphes concis, mais charpentés et chevillés comme du Cicéron.

Chapard n'émit aucune objection. Il claqua des doigts. Quimper et Blondin entrèrent, chargés d'un pupitre d'écolier qu'ils installèrent devant Quentin. Ils disparurent ensuite, pour revenir bientôt, porteurs cette fois, le premier d'une lampe semblable à celles dont s'éclairaient les membres de la commission, et le second d'une feuille de copie, d'un buvard, d'un encrier et d'un antique porte-plume. Ils disposèrent ces accessoires sur le plateau du pupitre, puis se retirèrent. D'un geste, Chapard invita Quentin à prendre place.

Celui-ci s'assit tant bien que mal sur le banc étroit et dur. Le pupitre n'avait évidemment pas été conçu pour un adulte, et les genoux de Quentin butaient contre la planchette de la case. Il résolut de passer outre à l'inconfort de sa posture, pour se concentrer tout entier sur la rédaction de sa défense. Il n'avait pas utilisé de porte-plume depuis l'école communale, et il considéra avec méfiance la plume *Sergent-major* dont celui-ci était muni. Il décida de procéder à un essai en inscrivant d'abord son nom en-haut-à-gauche-de-la-feuille, comme on le lui avait appris jadis. D'un geste instinctif, il suça la plume neuve afin de la nettoyer de la fine pellicule de graisse dont elle était encore enduite. Il s'écorcha la langue, et la saveur du sang se mêla dans sa bouche à celle de la graisse. Il avait déjà plongé la plume dans l'encrier, et il s'apprêtait à tracer en majuscules d'imprimerie les premières lettres de son nom, quand il s'avisa de la saleté de ses mains : elles étaient noires de cambouis. Il posa le porte-plume et s'essuya les paumes sur son pantalon. Il inspira une grande goulée d'air et, reprenant la plume, se pencha à nouveau sur sa copie.

Tout alla tout de suite très mal ; il se trompa dans l'orthographe de son propre nom, tenta de corriger son erreur en surchargeant la lettre fautive, et ne parvint qu'à transpercer le papier... Quelques minutes plus tard, sa copie n'était plus qu'un torchon maculé de taches d'encre, de cambouis et de sueur. Quelque part, un téléphone sonna avec insistance, puis se tut.

Quentin rassembla tout son courage pour réclamer à Chapard une autre feuille de papier et un stylo à bille. Pour toute réponse, le directeur tendit le bras en direction d'une horloge murale, dont l'aiguille phosphorescente n'indiquait pas l'heure, mais l'âge de Quentin, trente ans, écrit en chiffres romains. Chapard lui arracha sa copie des mains. La tenant entre le pouce et l'index, il l'éleva à la hauteur de son visage et ordonna qu'on écartât les rideaux. La lumière jaillit, éclairant crûmant le pitoyable plaidoyer. La commission éclata d'un rire insultant. Seul l'homme aux lunettes ne riait pas ; il se tournait de droite et de gauche pour demander à ses voisins la raison de leur hilarité. Il était aveugle, et deux boules de coton bouchaient ses orbites énucléées. Quentin fit un effort désespéré pour s'éveiller de ce cauchemar, et il y parvint. Un demi-jour gris baignait sa chambre. Il était cinq heures et demie. Il avait réglé la sonnerie de son réveil sur cinq heures vingt-cinq, car il eût été particulièrement mal inspiré d'arriver en retard à l'usine le jour où la commission d'enquête devait enregistrer son témoignage.

Il alluma le gaz sous la bouilloire et essaya de se souvenir de son rêve, mais tout avait déjà sombré. Il alluma sa première cigarette et pensa bientôt à autre chose.

XXVI

HUGO avait commencé par acheter cette valise en peau de porc, simplement parce qu'elle lui avait tapé dans l'œil, à la devanture d'une maroquinerie, et à présent il mettait la dernière main à ses préparatifs ; il partait pour toujours.

Il n'emportait que des objets neufs, tous achetés dans des magasins de luxe. Il avait de même renouvelé sa garde-robe. Il s'était offert, entre autres, un imperméable de chez Burberry pour les jours de gros temps, et un vrai panama en prévision du soleil des tropiques... La montre en or qui brillait à son poignet était neuve elle aussi, comme son portefeuille, son briquet, son étui à cigarettes, comme les coûteux harnais de cuir destinés à ses chiens.

Rompant avec son indolence coutumière, il avait tout réglé en trois jours. Par l'entremise de l'estimateur auquel il avait eu affaire lors de son déménagement, il avait vendu à un brocanteur le mobilier de ses grands-parents, sa bibliothèque, le stock d'invendus des *Contes* de Iago de Saint-Aubigny, tout ce qu'il possédait enfin, pour un prix symbolique. Il avait résilié le contrat de location de son appartement et démissionné de son poste de bibliothécaire sans se soucier d'aucun préavis : il serait en mer quand les lettres expédiées à cet effet parviendraient à leurs destinataires. Son passeport était valide, ses chèques de voyage établis, sa place d'avion retenue à destination de Southampton, où il embarquerait à bord d'un paquebot. Il allait faire le tour du monde et sa tournée d'adieux, à ce drôle, drôle d'endroit où il avait chu un jour, aveugle et ensanglanté, du ventre de sa mère.

Il s'était procuré quelques pièces d'or, qu'il porterait sur lui en toutes circonstances, dans un étui cousu à l'intérieur de sa ceinture. Le moment venu, en quelque lieu qu'il se trouve, le mal ne le prendrait pas au dépourvu.

Il boucla sa valise. Il était encore tôt dans l'après-midi. Il s'envolait le lendemain. Pour sa dernière nuit en France, il avait organisé une petite fête. En sortant du ministère, Manoir passerait prendre en voiture les mets et les bouteilles que Hugo avait commandés et payés d'avance chez le traiteur. Louise n'avait pas d'engagement ce jour-là ; elle avait promis de leur consacrer sa soirée. L'accident survenu dans son atelier semblait avoir profondément affecté Quentin ; quelques coupes de champagne lui changeraient les idées. Ce serait leur plus belle nuit. Hugo avait acheté tout un assortiment de cotillons, et il y aurait un cadeau pour chacun : pour Louise un foulard signé, pour Manoir un gros album récemment paru, une rétrospective des aventures du Mickey d'avant-guerre. Enfin, pour Quentin qui se plaignait souvent qu'on lui chipât ses boîtes d'allumettes, un briquet gravé à ses initiales. Et puis, mais Hugo n'avait pas encore décidé s'il les leur offrirait en main propre ou s'il se contenterait d'en laisser un demain matin au chevet de chacun, il avait mis de côté trois exemplaires des *Contes,* choisis parmi les moins défraîchis du stock.

Quentin arriva le premier, beaucoup plus tôt que Hugo ne s'était attendu à le voir. Une bouteille de whisky dépassait de sa poche. Il était ivre. Il se laissa tomber avec un rire niais sur le duvet de Hugo. Il extirpa avec peine la bouteille de sa poche, la déboucha, et en but une longue rasade.

« V's en voulez ? »

Hugo repoussa la bouteille.

« Mon Dieu, Quentin, si vous êtes dans cet état à... cinq heures, comment pourrez-vous faire honneur au champagne ce soir ? »

Quentin étouffa un renvoi, et avala une seconde gorgée de whisky. Hugo nota que la bouteille était presque à demi vide. Il eut un pincement de cœur. Dans une heure ou deux, Quentin dormirait comme une bûche s'il n'était pas abominablement malade, et la fête ne manquerait pas de souffrir de sa défection. Hugo tenta de le raisonner.

« Écoutez, Quentin, vous devriez cesser de boire... Pour l'instant tout du moins. Rafraîchissez-vous à l'aide d'un linge mouillé, reposez-vous quelques heures. Faites-moi ce plaisir, je vous en prie ! »

Quentin le dévisagea d'un œil terne. Un instant, à travers son ivresse, il parut comprendre que son ami tenait à ce que la soirée fût spécialement réussie. Mais presque aussitôt un nuage passa sur ses traits abêtis.

« Je v-vois bien que vous êtes c-contrarié, bafouilla-t-il, mais v's en faites pas, chuis f-frais comme l'œil ! Frais c-comme l'œil, et l-libre comme l'air ! Ils m'ont viré, vous savez ? Chapard m'a tout c-collé sur le dos, et l'inspecteur du t-travail l'a s-suivi... Et pis ça a été le t-tour des flics. Normal, y a eu m-mort d'homme ! Et v'savez quoi ? On va même peut-être m'inculper d'homicide par imprudence ! »

Il s'interrompit pour téter à nouveau sa bouteille. Consterné, Hugo accepta cette fois de boire avec lui.

« Mais vous n'êtes pour rien dans cette affaire ! Enfin, pas plus qu'aucun de vos camarades. D'après ce que vous nous aviez dit, les responsabilités étaient largement partagées. Il n'est pas possible qu'on vous fasse ainsi porter le chapeau !

— Si-si-si ! Augier m'a fait appeler cet après-midi dans son b-bureau, pour m'annoncer que j'étais r-renvoyé, sans p-préavis ni indemnités. Faute p-professionnelle grave ! Crac ! V-viré !

— Ils n'ont pas le droit ! Il faut faire intervenir le syndicat, il faut...

— Syndicat ? Pfuit ! Y en a pas.

— Et votre ami, comment s'appelle-t-il, déjà, Gérard ? Ne pourrait-il pas...

— Gérand. Non. Surtout p-pas Gérand. Non. Rien. P-personne. »

Quentin finit par s'endormir. Hugo lui retira doucement la bouteille qu'il serrait entre ses bras ainsi qu'une poupée, et jeta sur lui une couverture.

Manoir se pencha avec précaution pardessus les plats disposés sur la nappe pour allumer les bougies fichées dans les chandeliers.

« Louise ne devrait plus tarder, maintenant.

— Je l'espère. »

Les deux hommes avaient tout installé, comme de coutume, dans la chambre de Quentin. Celui-ci cuvait son alcool au premier étage.

Manoir se redressa, recula de quelques pas, et inclina la tête de côté pour mieux juger de l'effet.

« Une table princière, vraiment ! Quel dommage que Quentin ne puisse voir ça !

— D'ici quelques heures, peut-être sera-t-il en état de nous rejoindre ?

— Je doute, s'il a sifflé la moitié d'une bouteille de whisky.

— J'en doute moi aussi, hélas ! Hum... Avant l'arrivée de Louise, il est une question que j'aimerais aborder avec vous.

— Je vous écoute ; de quoi s'agit-il ?

— Voilà... J'ai organisé cette soirée à l'occasion de mon départ. »

Le visage de Manoir trahit le désagrément que lui causait cette nouvelle.

« Ainsi vous partez ? Bien entendu, cela ne pouvait durer indéfiniment... Cette situation d'équilibre, je veux dire. Eh bien, j'en suis désolé.

— Cette situation d'équilibre n'était faite que de déséquilibres arc-boutés les uns aux autres, un peu comme des fusils disposés en faisceaux, dit Hugo dans un souffle.

— Sans doute. Et où comptez-vous aller ? »

Hugo eut un geste vague.

« Un peu partout. Le tour du monde. Mais c'est de mes chiens que je voulais vous parler.

— Vos chiens ? Ah ! je crois comprendre...

— Je les emmène. Mais j'ai pensé que s'il m'arrivait quelque chose... Je m'en irais plus tranquille, voyez-vous, sachant qu'une personne de confiance les recueillerait en cas de besoin. Or, vous vous êtes intéressé à eux, je l'ai remarqué... Non, ne me répondez pas tout de suite ! Réfléchissez ; c'est une astreinte continuelle. D'autre part, l'entretien de chiens de race entraîne toujours des frais. A cet effet, je leur ai constitué une sorte de dot : dix mille francs nouveaux, sans compter les frais de rapatriement proprement dits, qui seraient bien sûr à ma charge. »

Manoir l'arrêta d'un haussement d'épaules.

« J'ai bien assez d'argent moi-même.

— Il n'empêche. Enfin, réfléchissez. Jusqu'à minuit, disons, puisque je pars demain. »

Manoir contempla un instant les chow-

chows. Du coin de la pièce où Hugo les avait consignés à l'écart des victuailles par trop appétissantes, ils paraissaient suivre la conversation des deux hommes, et les flammes dansantes des chandelles se reflétaient dans leurs prunelles sombres.

« C'est entendu, je vous répondrai à minuit. Mais que fait donc Louise ?

— Je ne sais ! Je propose que nous débouchions une bouteille de champagne en l'attendant. »

Louise arriva à onze heures et demie, accompagnée d'une dizaine de jeunes gens très excités. Il fallut enfermer les chiens, qui étaient entrés en fureur devant cette invasion. Quand tout danger fut écarté, les amis de Louise se précipitèrent sur la nourriture et le champagne, et firent place nette en un clin d'œil de toute denrée consommable. Hugo et Manoir assistèrent bouche bée à ce joyeux pillage. Ils étaient l'un et l'autre parfaitement gris, ayant bu ensemble force champagne pour meubler leur attente et se consoler de leur déception. Ils tombèrent des nues quand Louise, d'un air de triomphe, leur jeta son disque à la tête. Car tout était allé très vite, leur expliqua-t-elle d'une voix brisée par la joie. Elle avait enregistré trois semaines auparavant, en grand secret, et déjà une pré-série du 45 tours venait de sortir des presses. La diffusion publique commencerait dans quinze jours, et l'album paraîtrait dans deux mois... La maison de disques y croyait très fort. Même le directeur commercial était emballé ; on lui promettait un lancement de premier ordre, affichettes, présentoirs, radio, télévision, tout le toutim ! Ils étaient épatés, hein ? Et tiens, le titre de l'album, elle le devait à Hugo : *La Faculté des Songes !*

Elle appela un jeune homme en costume de velours violet.

« Frank, Frank ! Viens voir ! Je te présente Hugo, tu sais bien, je t'ai parlé de lui.

— Ah ! *La Faculté des Songes,* hein ? Bravo, mon vieux, c'est une très jolie trouvaille, et tellement poétique ! Je suis persuadé qu'elle va nous porter chance ! »

Frank réclama le silence et leva sa coupe de champagne.

« Mes amis, buvons à la santé de Hugo, le recteur de la Faculté des Songes ! »

Et tous, les musiciens, l'attachée de presse, l'ingénieur du son, Manoir, Frank et Louise portèrent un toast en l'honneur du « parrain de l'album ». Après quoi Louise lui paya ses droits d'auteur d'un baiser sur la bouche qui le laissa tout étourdi et pantelant, et rouge comme une pivoine.

Quand les rires et les braillements se furent apaisés, on s'aperçut qu'il ne restait plus rien à boire. Frank invita tout le monde dans une boîte de nuit à la mode. Il les y conviait d'autant plus libéralement, assura-t-il, qu'il entendait faire passer l'addition en note de frais. On l'acclama, puis il y eut quelques minutes de confusion, durant lesquelles on s'efforça de répartir les douze personnes qu'on était à présent entre trois voitures dont une, le cabriolet de Frank, n'en pouvait transporter que deux.

« Mais où est le problème ? demanda Manoir. J'ai une voiture, moi aussi. Je prends Hugo, et je dispose encore de deux places.

— Parfait ! Alors on se retrouve tous là-bas », lança Frank à la cantonade en entraînant Louise.

Ce fut la ruée vers les voitures.

« Allez-y sans moi, répondit Hugo à Manoir qui l'engageait à se hâter. Je pars très tôt, demain matin, et j'aurai bien assez mal aux cheveux avec ce que j'ai déjà bu. »

Manoir tenta de le fléchir, puis, comprenant qu'il n'y parviendrait pas, il le quitta à contre-cœur pour rejoindre les autres. Déjà les moteurs ronflaient, les portières des voitures claquaient dans la nuit.

Manoir fut de retour vingt minutes plus tard. Les amis de Louise l'avaient semé, oh ! bien involontairement. Ils conduisaient comme des fous ; il n'avait pas osé suivre leur train d'enfer et les avait bientôt perdus de vue. Il ignorait l'adresse de la boîte de nuit où Frank leur avait donné rendez-vous : il ne lui restait plus qu'à rebrousser chemin.

Assis en tailleur au centre de la pièce où il l'avait laissé, Hugo contemplait le portrait de Louise, en robe de dentelle vieillotte sur un arrière-plan de banlieue concentrationnaire, dont s'ornait la pochette du disque. A l'entrée de Manoir, il leva des yeux embués de larmes.

« Ah ! c'est vous ? »

Manoir se détourna.

« Ces sauvages ont tout bu, grommela-t-il en auscultant une à une les bouteilles de champagne.

— Reste le whisky de Quentin, répondit Hugo sur un ton raffermi.

— Ah ! Tant mieux. Vous savez, pour ce dont nous parlions tout à l'heure, je suis d'accord. Vous pouvez compter sur moi, en cas de besoin.

— Merci. Vous m'ôtez un grand poids de l'esprit. Vous ne pouvez savoir à quel point cela me tracassait... Le moment venu, vous recevrez un chéquier vous permettant de tirer sur un compte ouvert à votre nom, ainsi que tous les papiers nécessaires. Vous verrez : j'ai tout prévu. Et maintenant, buvons ! »

Manoir hocha la tête. Il prit deux verres au hasard, les vida d'un mouvement de poignet des gouttelettes de champagne éventé qu'ils contenaient, et les tendit à Hugo.

ÉPILOGUE

HUIT mois après ces événements, Manoir se porta acquéreur d'un modeste pavillon en pierre meulière sis à Sainte-Geneviève-des-Bois, dans l'Essonne. C'est là qu'il vit et qu'il vivra longtemps sans doute, entre ses chiens, un couple de chow-chows qui suscite l'admiration des passants et des voisins. Les enfants du quartier ont l'habitude de s'arrêter sur le chemin de l'école pour les observer à travers la grille. Ils se tiennent le plus souvent sur le perron de ciment, allongés côte à côte dans la position du sphinx, les yeux mi-clos, la truffe mobile, attentifs aux effluves charriés par la brise. Ils bâillent, de loin en loin, découvrant une langue et des babines noires dont les gamins s'étonnent.

« C'est des chiens eskimos ; j'en ai vu dans un film. Là-bas, ils tirent les traîneaux !

— Non, ils viennent de Chine ! C'est mon père qui me l'a dit.

— Regarde ! Ils ont la langue toute noire !

— Ouais ! Oh ! ça alors, comme s'ils avaient mangé des mûres ! »

Se souvenant de l'horloge et du maître, la bande s'éloigne à regret. Les plus petits rêveront, en classe, de troupeaux de chiens roux, paissant les mûriers enneigés d'une Chine antarctique.

Manoir n'emporte plus de dossiers chez lui afin d'occuper ses week-ends. Il s'est pris de passion pour le jardinage. Ses premiers essais n'étaient guère concluants, mais depuis lors il s'y est mis. Il bine, il sarcle, il plante, il arrose, il taille... Il s'est abonné à des magazines spécialisés, il reçoit par la poste des sachets de graines, des bulbes, et même des arbrisseaux. L'homme qui le connaît le mieux, le facteur, dit de lui : « M. Manoir n'est heureux que dans son jardin. »

Il a renoncé au bois blanc. Dans une salle des ventes des environs, il a déniché d'assez vilains meubles, du Lévitan d'avant-guerre que le vendeur désespérait de voir jamais partir. Une dame du voisinage vient chaque vendredi astiquer ces horreurs.

Manoir a décoré ses murs de sous-bois et de biches. Il passe ses soirées devant la télévision, dans un énorme fauteuil de cuir aux accoudoirs griffés par des générations de chats. Il y en avait un semblable dans le salon, autrefois, dans la maison des origines. Soir après soir il s'y endort avant la fin du film. Il ne se souvient plus guère de ses rêves.

Il a lu les *Contes* de Iago de Saint-Aubigny. Ces historiettes lui ont paru obscures et d'un style tarabiscoté. Mais Hugo, pour le lui offrir, avait dû avoir aimé ce bouquin, et Manoir l'a recouvert de papier cristal en souvenir de lui.

Il collectionne les disques de Louise. Il en écoute une fois chaque face sur un petit électrophone acheté tout exprès, puis il les range dans sa vitrine à trésors, entre les reliques de Hugo et les épaves, jouets démantibulés et vieux albums, qu'il continue à rapporter de temps en temps de ses balades. Une ou deux fois par mois, en effet, tôt le dimanche, il sort sa voiture du garage et se rend à Paris par l'autoroute, pour flâner et chiner par les allées du marché aux puces. C'est là qu'il a cru reconnaître Quentin, un matin, en la personne d'un clochard barbu, assis derrière quelques vieilleries exposées sur une page de journal. Il n'a pas osé l'aborder. Quentin n'eût peut-être pas apprécié qu'il le fît. Et d'ailleurs, était-ce bien lui ?

Paris-Bures-Averon,
novembre 1978 - septembre 1981.

DU MÊME AUTEUR

Aux éditions Bernard Grasset :

LE FOU DANS LA CHALOUPE, *nouvelles,* 1973.
LES MESSAGERS, *roman,* 1974.
LA BELLE CHARBONNIÈRE, *nouvelles,* 1976.
MATHIEU CHAIN, *roman,* 1978.

Aux éditions André Balland :

LE VERGER, *nouvelle,* 1978.

Aux éditions Guy Puyraimond (hors commerce) *:*

LA FORTUNE, *textes* 1968-1971, 1979.

Composition réalisée par C.M.L., Montrouge

IMPRIMÉ EN FRANCE PAR BRODARD ET TAUPIN
7, bd Romain-Rolland - Montrouge - Usine de La Flèche.
LIBRAIRIE GÉNÉRALE FRANÇAISE - 14, rue de l'Ancienne-Comédie - Paris.

ISBN : 2 - 253 - 03183 - 6 30/5758/5